Siegfried Schilling

Die Magie der Liebenden

heitere & absurde Geschichten
um Liebe & Sex

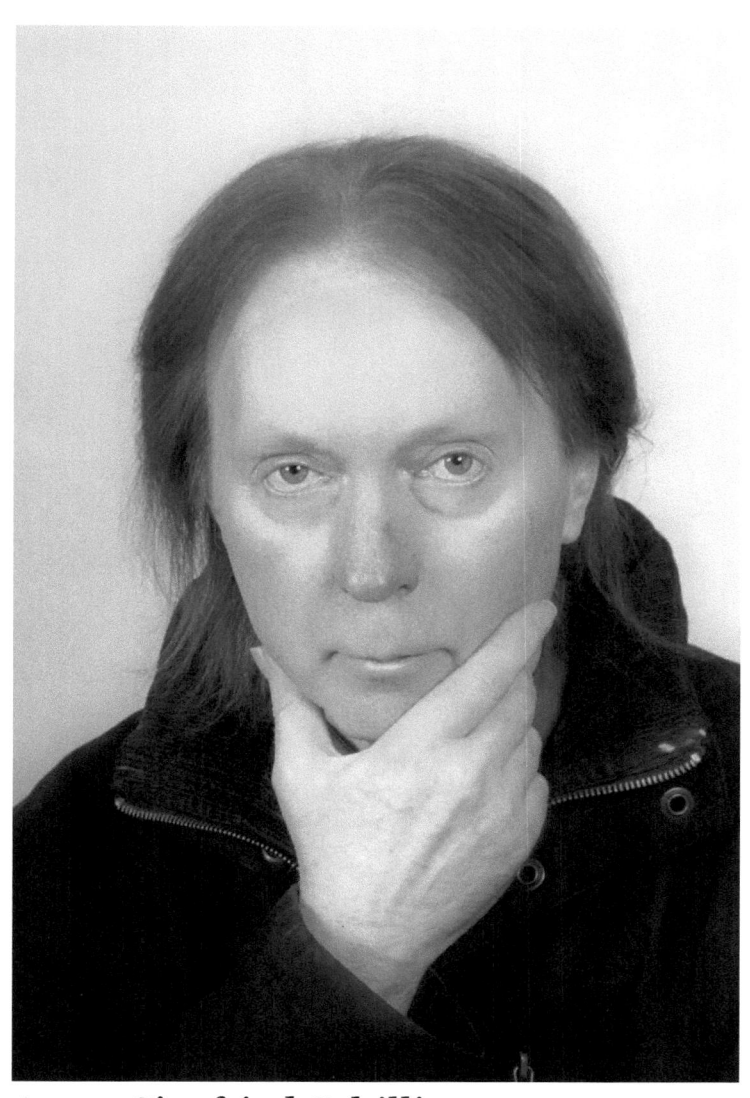

Autor Siegfried Schilling

Die Magie der Liebenden

heitere & absurde Geschichten um Liebe & Sex

Siegfried Schilling

Impressum

© 2020 Siegfried Schilling

Herstellung und Verlag: BoD – Books on Demand, Norderstedt

ISBN 9-783752-647808

Printed in Germany

Bibliografische Information der Deutschen Nationalbibliothek

Die Deutsche Nationalbibliothek verzeichnet diese
Publikation in der Deutschen Nationalbibliografie;
detaillierte bibliografische Daten sind im Internet über
http://dnb.d-nb.de abrufbar.

Inhaltsangabe

„Die Magie der Liebenden" ist eine Sammlung von hei-
teren und absurden Geschichten rund um Liebe & Sex.
Darin begegnet der Leser unter anderem Opa Gerhard,
der mit 86 Jahren die Arbeit als Zuhälter für eine „rei-
fe Dame" aufnimmt, den Freundinnen Margrit und
Ursula, die hinter das Geheimnis einer von der Natur
geschaffenen Skulptur kommen, sowie Helge: Er sucht
mehrere Prostituierte auf und will nichts weiter als
reden. Aber auch die beiden Geschäftsleute Kevin und
Bernd, die eine besondere Marktnische entdecken,
Pornoliebhaber Bastian und seine blonde Nachbarin
Elvira, Pastor Bornholdt und der Bauunternehmer
Möller, Knut und Sylvia sowie Bettina und Ralf tum-
meln sich in den Geschichten und sorgen für Span-
nung und Amüsement....

Opa hat eine Erektion

„Opa hat eine Erektion. Ich habe es deutlich gesehen!" rief der sechsjährige Marc wiederholt durch das gesamte Haus, das bis dahin noch im morgendlichen Schlummer gelegen hatte. Alsbald klapperten Türen, wurden Schritte und aufgeregte Stimmen hörbar. Im nächsten Augenblick sah sich der Junge von Vater, Mutter, seinem ein Jahr jüngeren Bruder Ralf und seiner zwei Jahre älteren Schwester Sarah umringt. Sie alle konnten kaum glauben, was sie aus Marcs Munde gehört hatten.

„Ist das wahr, ist das wirklich wahr?" ließen sie sich wiederholt von dem Sechsjährigen versichern und hätten wohl am liebsten eine Fotoaufnahme als Beweis in ihren Händen gehalten. Aber schließlich glaubten sie ihm auch so. Weshalb sollte er lügen und diesen Tumult veranstalten?

„Eine Erektion mit 86. Also das ist doch wirklich Spitze!" rief Dieter, Sohn des geilen Alten, bewundernd aus. „Normalerweise weiß man in diesem Alter gar nicht mehr, dass der Schwanz auch nach oben zeigen kann."

Seine Kinder, alle im Babyalter aufgeklärt (je früher, desto besser), setzten bedeutsame Mienen auf und nickten zustimmend.

„Manche wissen es bereits 30 Jahre früher nicht mehr", meldete sich seine Frau Marceline zu Wort und erntete damit irritierte Blicke.

„Ein solches Ereignis können wir nicht einfach so sang- und klanglos vorübergehen lassen", befand Dieter. „Wir sollten dies feiern, groß feiern, finde ich."

„Da hast Du recht", stimmte ihm seine Frau zu, während die Kinder in lauten

Jubel ausbrachen. „Wie wäre es mit dem Wochenende?"

„Ja, weshalb nicht?"

Noch am gleichen Tag begann Marceline damit, Freunde, Bekannte und Familienangehörige für den folgenden Sonnabend einzuladen.

„Wir wollen einfach einmal unseren alten Herrn feiern. Ihr kommt doch, oder?" Mehr verriet sie nicht. Alle sagten zu und so war das Haus beziehungsweise der Garten gerammelt voll am Tag der Feier. Einige männliche Gäste, von denen man nichts anderes gewohnt war, hatten bereits etwas getrunken und begannen, in der Küche zu randalieren. Sie wurden jedoch von den Kindern, die mit Pfannen und schweren, metallenen Fleischklofern auf sie losgingen, unverzüglich gestoppt. Als die Männer schreiend und pöbelnd am Boden lagen, wurden sie von den Kindern zusammengetreten, bis sie sich nicht mehr rührten, und dann in den Keller geworfen. Erst zum Ende des Festes erhielten sie ihre Freiheit wieder.

Dem fünfjährigen Ralf, Benjamin der Familie, gefiel es, sich vor der eigentlichen, offiziellen Eröffnung des Festes mit einer eigenen Begrüßungsschau vor den Gästen zu produzieren. Dabei sparte er nicht mit gewählten Ausdrücken und mit Zitaten bedeutender Männer und Frauen wie Goethe und Lieselotte von der Pfalz. Zu guter Letzt rezitierte er den berühmten Spruch des Goetz von Berlichingen, der durch Altmeister Goethe Eingang in die Literatur gefunden hatte, und verband dies mit dem Vorzeigen seines nackten Arsches. Die Gäste, die sich auf diesem Fest amüsieren und nicht als amüsieren wollten, lachten laut auf und verfielen in stürmischen Beifall.

Kaum hatte sich Ralf die Hose wieder übergestreift, erschien die Hauptperson des Festes, Opa. Sohn und Schwiegertochter hatten ihn in die Mitte genommen und führten ihn auf die Terrasse. Erst dort erfuhr er aus dem Munde von Marceline, dass das Fest ihm galt und keineswegs, wie man ihn bis dahin hatte glauben lassen, ein allgemeines Familienfest war. Opa machte vor Freude einen Luftsprung und riss jubelnd die Arme in die Höhe.

„Das ist ja geil, absolut geil!"

Dann bat Dieter um Gehör, das ihm auch nach einigen Drohungen in Richtung der Gäste geschenkt wurde.

„Meine lieben Freunde, wir haben uns heute hier alle eingefunden, um…ja, um einen ungewöhnlichen Mann zu feiern: Opa! Der konkrete Anlass ist, dass er mit seinen 86 Jahren - ihr werdet es kaum glauben -, noch eine Erektion hatte. Was sagt ihr dazu? Ist das nicht phänomenal?"

Für einen Augenblick herrschte Totenstille um Garten, dann brach ein unbeschreiblicher, minutenlang anhaltender Jubel unter den Gästen aus, in den auch Opa selbst mit einstimmte. Als schließlich wieder Ruhe eintrat, meldete sich ein Mann in den Fünfzigern lautstark zu Wort.

„Ich hatte auch eine Erektion und kein Schwein hat es gekümmert!" rief er ärgerlich aus.

„Vielleicht solltest Du Dich mal mit anderen Tieren umgeben!" antwortete ihm eine ältere Frau und löste damit lautes Gelächter unter den übrigen Gästen aus.

Als der Fünfziger etwas erwidern wollte, wurde er von der Menge niedergezischt. Daraufhin verließ er wütend den Garten, um sich in der nächsten Bar bis Mitternacht zu betrinken. Dabei leistete ihm eine nicht mehr ganz junge Dame Gesellschaft, die sich brennend für seine Erektionen interessierte. Sie wurde später seine zweite Ehefrau. Aber zurück zur Feier, die Dieter nun offiziell eröffnete.

„Amüsiert Euch gut und pinkelt bitte nicht im Garten! Wozu haben wir eine Toilette?"

„Willst Du es uns nicht verraten?" krähte jemand mit dünner Stimme aus der Mitte der Gäste. Auch er wurde niedergezischt, machte sich aber nichts daraus.

„Man wird doch einmal fragen dürfen. Schließlich leben wir in einem demokratisch verfassten Land. Oder zählt das heutzutage alles nicht mehr?"

„Du weißt doch gar nicht, was das ist",

antwortete ihm ein männlicher Gast

„Aber ich bin stolz darauf."

„Unwissenheit ist die Geißel der Menschheit."

„Du musst es ja wissen."

„Wenn ich es nicht im Kreuz hätte, würde ich Dich unangespitzt in den Rasen rammen."

„Dass Du zu den gewissenlosen Typen gehörst, die Fremde Rasen beschädigen, war mir klar."

Das Geplänkel zwischen den Beiden setzte sich noch eine Zeit lang fort, während das Fest allmählich Fahrt aufnahm. Mit großer Begeisterung nahmen die Gäste die Eröffnung des Tortenbüfetts durch Marceline auf, mit ebenso großer Begeisterung das Erscheinen der „Superband", die auf dem Fest für den musikalischen Hintergrund sorgte. Den Eröffnungstanz bestritten Opa und Enkelin

Sarah zu den Klängen eines Walzers - allerdings nicht ganz freiwillig, Sie wurden quasi von Dieter und Marceline dazu genötigt. Den letzten Teil des Tanzes gestalteten sie als übermütige Persiflage des Walzers, die von den Anwesenden, einschließlich der Gastgeber und ihres männlichen Anhangs, minutenlang beklatscht wurde.

Nach dem Auftakt durch Großvater und Enkelin steppte bis Mitternacht der Bär. Der Einzige, dessen Laune stetig sank, war Opa. Er fand, dass ihm nicht genügend Beachtung geschenkt wurde, obwohl er doch die Hauptperson des Festes war, und betrank sich trotz wiederholter Warnungen von Dieter und Marceline sinnlos. Schließlich schleppte er sich während einer fünfzehnminütigen Pause, die sich die Superband gönnte, zu der kleinen Bühne, und brüllte mit heiserer Stimme in eines der Standmikrophone:

„Wenn ich wollte, hätte ich jeden Tag zehn oder mehr Erektionen. Ja, sogar einen Dauerständer...“

Als die Gäste dies mit lautem Gelächter und Gejohle quittierten, packte er einen kleinen, dicken und bis zur Halskrause abgefüllten Mittvierziger, der sich vor Lachen kringelte, am Kragen und schüttelte ihn kräftig durch. Dieser befreite sich und schubste Opa von sich weg, der zu Boden fiel und sich nicht mehr rührte.

„Wenn Du ihn umgebracht hast, dann bist Du tot!“ schrie ihn daraufhin ein junger, ebenfalls stark alkoholisierter Body-Building-Typ an und versetzte ihm einen Faustschlag ins Gesicht.

„Dieser komische Erektions-Opa hat doch angefangen!“ ließ sich sein Nebenmann hören und trat dem Muskelpaket mit aller Kraft gegen das Schienbein. Dies schien auch dem angeschlagenen Mittvierziger die richtige Antwort auf die Attacke zu sein und er trat ebenfalls zu - einmal, zweimal, dreimal, dann streckte ihn ein Faustschlag des Hünen nieder. Er kam direkt neben Opa zum Liegen. Das war der Auftakt zu einer etwa halbstündigen Schlägerei, an der sich sämtliche Gäste, Alt und Jung, die Gastgeber und ihr hoffnungsvoller Nachwuchs beteiligten. Auch Opa und der Mittvierziger, die sich nach einer Weile wieder aufrappelten, mischten mit. Die Schlägerei und gleichzeitig auch das Fest endeten, als der Hausherr die Rasensprenganlage einschaltete:

„Es war schön, aber nun ist es erst einmal genug!" befand er. „Es war ja nicht das letzte Fest, das wir gefeiert haben."

Am nächsten Morgen wachten alle mit einem Kater auf: die Erwachsenen und die lieben Kleinen. Sie hatten während des gesamten Festes heimlich, mit wachsendem Durst, gepichelt und litten nun unter den üblen Folgewirkungen. Da half nur ein Katerfrühstück: literweise Kaffee und Kopfschmerztabletten. Opa erschien in der Küche, als das Frühstück schon fast beendet war. Er strahlte über das ganze Gesicht.

„War das ein Fest! Ich kann Euch sagen... Und dann noch dieser tollte Abschluss...“

Opa rieb sich vergnügt die Hände. Er setzte sich, griff nach dem Ei, das vor ihm im Eierbecher stand, köpfte es und verzehrte es genüsslich. Dabei bemerkte er wie nebenher, dass er am Morgen eine weitere Erektion hatte. Die Reaktion auf seine Mitteilung fiel für ihn allerdings enttäuschend aus. Während Marceline ein mattes „Schön" hören ließ, bemerkte Dieter missgelaunt, dass ein zweites Erektionsfest in absehbarer Zeit aber nicht veranstaltet werde.

„Es gibt schließlich noch andere Anlässe, zu feiern, als Deine Erektionen!"

Opa warf beleidigt den Eierlöffel auf den Tisch, den er eigentlich in das Innere des Eies führen wollte, schnellte vom Stuhl hoch und verließ mit erhobenem Haupt die Küche. Bis zum Mittag schloss er sich in sein Zimmer ein. Dann holte er sich sein Essen aus der Küche und war wieder bis zur 20 Uhr-Tagesschau für den Rest der Familie unsichtbar. Die Tagesschau selbst hatte er noch niemals versäumt, und auch diesmal war er pünktlich zum Sendebeginn zur Stelle, um sie um sie von seinem Lieblingssessel aus höchst interessiert zu verfolgen.

Spannend wurde es beim nachfolgenden deutschen Krimi, den sich die gesamte Familie anschaute. Dabei entschlüpfte Opa zwar hin und wieder ungewollt ein Ausruf der Erregung, des Schreckens oder der Empörung, ansonsten aber übte er sich in Schweigen: Die Familie war für ihn Luft. Das galt schon am nächsten Morgen nicht mehr, als alle wieder vereint am Frühstückstisch saßen. Nachdem Opa eine Zeitlang auf seinem Stuhl herumgehampelt hatte, prustete es aus ihm heraus:

„Ich hatte schon wieder eine Erektion!"

Daraufhin brach am Tisch ein allgemeiner Proteststurm aus.

„Opa, nun reicht es aber! Wir wollen nicht jeden Morgen Deine neuesten Erektionsmeldungen hören!" schimpfte Dieter. „Du verdirbst uns ja den Appetit."

„Ich dachte, es freut Euch."

„Ja, aber nun ist es genug der Freude."

Opa brummelte etwas in seinen Bart und begann zu frühstücken, wobei er nicht ein einziges Mal aufschaute. Den Nachmittag brachte Opa allein im Hause zu, da Dieter und Marceline zum Geburtstag eines Freundes eingeladen waren und die Kinder ausdauernd auf dem nahen, beaufsichtigten Spielplatz herumtobten. Er nutzte die Gelegenheit, ein wenig in Dieters Unterlagen herumzuschnüffeln und durch die Kinderzimmer zu stromern, was sich jedoch nicht als besonders interessant erwies. Als die Kinder und wenig später auch die Erwachsenen am späten Nachmittag heimkehrten, gab sich Opa, der die Rolle der „beleidigten Leberwurst" abgestreift hatte, aufgeräumt und witzig. Er scherzte mit jedem und bereitete dann sein heißes Bad vor, dass seine Rückenschmerzen lindern sollte, die ihn wie aus heiterem Himmel überfallen hatten.

„Vielleicht eine falsche Bewegung oder so", vermutete er.

Als er noch einmal nackt in sein Zimmer huschte, um sein Badezimmer-Radio zu holen, das er vergessen hatte, gellte Marcs Stimme durch das ganze Haus:

„Opa hat wieder eine Erektion!"

Dem 86-Jährigem fuhr der Schreck in die Glieder. Er warf die Tür zu und schloss ab. Im nächsten Augenblick ertönte Dieters aggressive Stimme hinter der Tür.

„Öffne die Tür, Opa, ich möchte mit Dir sprechen!"

„Ja öffne die Tür!" forderte ihn auch Marceline auf, die mit Ralf und Sarah ihrem Mann nachgeeilt war.

Opa zögerte einen Augenblick, bevor er

der Aufforderung der Beiden nachkam.

„Was gibt es denn? Ich wollte jetzt eigentlich ein Bad nehmen."

„Du hattest wieder eine Erektion, Opa?" verlange Dieter zu wissen.

„Ich habe nichts bemerkt."

„Du hattest eine Erektion. Ich hab' es von der Küche aus gesehen", versicherte Marc.

„Marc wird wohl kaum lügen. Also, Opa, Du hattest wieder eine Erektion...."

„Mag sein....vielleicht. Aber ich habe nicht so drauf geachtet."

„Weißt Du, wie alt Du bist? Du bist 86. In Deinem Alter hat man normalerweise überhaupt keine Erektionen mehr. Du aber hast plötzlich eine Erektion nach der anderen. Findest Du das normal?"

„Ich weiß nicht, was normal ist."

„Allmählich komme ich zu der Auffassung, dass mir Dir etwas nicht stimmt."

„Was soll denn nicht mit mir stimmen?"

„Kommst Du wieder in die Pubertät, oder was ist mit Dir los?"

„Wäre nicht das Schlechteste."

„Wenn es so weiter geht, begegnen wir uns eines Tages noch im Bordell."

„Oh, Du gehst ins Bordell? Und Marceline ist damit einverstanden?"

„Natürlich gehe ich nicht ins Bordell. Das war nur so eine Redewendung."

„Was sollte er auch da?" ließ sich Marceline hören und lachte laut auf. „Das war ein kleiner Scherz", fügte sie, wie entschuldigend, hinzu.

„Ich wünsche, Opa, dass Du nicht mehr nackt im Hause herumläufst - auch nicht für den Bruchteil einer Sekunde. Und ich wünsche, nie wieder etwas von Deinen Erektionen zu hören. Wenn Du Probleme damit hast, fahre ich Dich gern zu einem

Arzt. Du brauchst mir nur Bescheid zu sagen."

„Weshalb sollte ich Probleme damit haben? Eine Erektion ist doch etwas völlig Natürliches."

„Aber nicht für einen 86-Jaehrigen."

„Mein Vater hat meinem Bruder Norbert immer zu einem kalten Wannenbad geraten, wenn ihn sein Trieb zu sehr quälte", ließ Marceline Opa wissen. „Vielleicht solltest Du es einmal ausprobieren."

„Ich leide aber nicht unter meinem Trieb. Ich habe lediglich hin und wieder Erektionen."

„Aber mit 86!" rief Dieter zornig aus.

„Ist das verboten?"

„Nein, aber pervers!"

„Wer sagt das?"

„Der gesunde Menschenverstand sagt es."

„Der gesunde Menschenverstand? Was ist denn das?"

„Opa, Du treibst mich allmählich zur Weißglut... Also, Du hast es gehört: Du läufst hier nicht mehr nackt im Haus herum - auch nicht für den Bruchteil einer Sekunde! Und Deine Erektionen behältst Du künftig für Dich. Am besten wäre es aber, Du suchst einen Arzt auf und schilderst ihm Dein Problem."

„Welches Problem? Vielleicht hast Du ja ein Problem."

„Ja, Du bist mein Problem."

Dieter warf Opa einen zornigen Blick zu und zog mit Frau und Kindern ab. Einige Tage lang kam es zu keinen Zwischenfällen mehr in der Familie und fast schien es so, als ob das Familienleben nun wieder in normalen Bahnen verlaufen würde. Doch diese Hoffnung trog. Am Sonnabend oder Sonntag nach der heftigen Erektions-Auseinandersetzung gellte Dieters zornige Ausruf: „Opa, Du hast ja schon wieder einen Stender!" durch das Haus und beendete die friedliche Familien-Idylle. Der Ertappte, der eigentlich für alte Herren musste, verließ fluchtartig die Toilette und stürzte in sein Zimmer, wo er den Schlüssel im Schloss herumdrehte. Einen Augenblick später hämmerte Dieter mit seinen Fäusten gegen die Tür.

„Dir steht er ja schon wieder, Du alte geile Sau, jetzt ist aber Schluss!"

„Ich habe ein Recht auf meine eigenen Erektionen."

„Und Du bist wieder nackt durchs Haus gelaufen."

„Es war ja niemand da."

„Bin ich niemand?"

„Nein, Du bist Dieter, mein Sohn und Bewacher."

„Dich sollte man tatsächlich unter Aufsicht stellen. Ich glaube, Du bist am besten in einem Altersheim aufgehoben."

„Was soll ich denn da?"

„Meinetwegen alte Leute erschrecken. Auf jeden Fall muss es vorbei sein mit dem Terror, den Du hier durch Deine Erektionen ausübst."

„Ich mache doch gar nichts."

„Du bist dauergeil, das kann ich meiner Familie nicht zumuten. Also kurz und gut: Bereite Dich schon einmal geistig auf das Altersheim vor. Dort gehörst Du nämlich hin."

Dieter verschwand von der Tür. Auf seinem Weg in die Küche traf er auf Marceline und den Kindern, die von dem morgendlichen Lärm geweckt worden waren.

„Hab' ich den alten geilen Bock doch schon wieder erwischt! Doch jetzt ist

Schluss, ein für alle Mal Schluss mit seinem Erektionsterror, den er uns gegenüber ausübt. Er kommt in ein Altersheim, wo sich meinetwegen die Pfleger mit seinen Erektionen beschäftigen können. Und wenn er nicht freiwillig geht, lasse ich ihn entmündigen."

„Das Alter hat er ja. Aber vielleicht gibt es eine andere Lösung", wandte Marceline ein. „Man könnte eine Art Erektionswarnsystem an seinem Körper installieren. Sobald er einen Stender hat, erschallt eine Sirene im Haus", schlug Marc vor, der technisch außerordentlich interessiert war. Eine andere Idee hatte Ralf.

„Man könnte Opa in seinem Zimmer anketten und nur zum Pinkel oder so rauslassen."

„Nein, ich finde, wir sollten einen harten Schnitt machen und Opa in ein Altersheim stecken: Da ist er bestens aufgehoben. Aber lasst uns erst einmal in die Küche gehen! Das Frühstück wollen wir uns nicht durch diesen Sexualrabauken verderben lassen."

Opa, der alles von seiner Zimmertür aus mit angehört hatte, fuhr der Schreck in die alten, aber immer noch brauchbaren Glieder: Ihm war klar, dass es Dieter ernst meinte.

„Mein eigener Sohn will mich in ein Altersheim abschieben", murmelte er. „Was ist das für eine Welt! Aber nicht mit mir..."

Er zog sein bestes Unterzeug (ohne Löcher) und seinen besten Anzug an, füllte eine Reisetasche mit allem, was er als halbwegs zivilisierter Mensch für notwendig hielt, und machte sich aus dem Fenster davon. Sein Weg führte ihn zum Hauptbahnhof, wo er sich unschlüssig umsah.

„Hallo, mein Süßer!" sprach ihn dort eine vielleicht siebzigjährige, grell geschminkte Prostituierte an. „Wie wäre es mit uns beiden? Oder bumst Du lieber im Rudel?"

„Ich habe seit 16 Jahren nicht mehr richtig gebumst."

„Dann wird es aber Zeit. Komm, wir gehen zu mir."

Opa, dem die Alte mit den bis zum Bauchnabel reichenden Titten gefiel, überlegte nicht lange - zumal er sowieso nicht wusste, wohin.

„Ja, weshalb nicht?"

Die Beiden zogen los und erreichten bereits nach drei Minuten die aufgeräumte, saubere und freundlich wirkende Wohnung der Siebzigjährigen.

„Schön hast Du es", stellte Opa anerkennend fest.

„Was hast Du denn erwartet?"

Die Prostituierte bat Opa, auf einem Sessel Platz zu nehmen und machte sich dann in der Küche zu schaffen. Opa nutzte die Zeit, um eine SMS an Dieter zu senden und ihm mitzuteilen, dass es mit gutgehe.

„Ich unternehme heute einen Bummel durch Museen und Galerien. Bin gegen Abend zurück."

Nach einer Weile erschien die Gastgeberin im Wohnsimmer und servierte den Kaffee. Dazu gab es appetitliche Wurstschnittchen.

„Wie ist eigentlich Dein Vorname?"

„Ich bin die Heidi."

„Und ich der Gerhard."

„Ich hoffe, es schmeckt Dir, Gerhard."

„Wenn es so schmeckt, wie es aussieht, ganz bestimmt."

Die Beiden frühstückten mit großem

Appetit miteinander. Anschließend schlug Heidi vor, es sich im Bett gemütlich zu machen.

„Das Bett ist doch immer noch der schönste Ort."

Mit dem Sex wollte es an diesem Morgen jedoch nicht so recht klappen: Opa bekam keinen hoch.

„Das ist psychologisch bedingt: Versagensangst nennt man das", klärte Heidi ihren Bettgenossen auf. „Aber ich glaube an Dich. Du bist ein starker Mann, da bin ich mir sicher."

Statt handfesten Sex tauschen beide ausdauernd Streicheleinheiten aus.

„Von Zeit zu Zeit brauche ich es einfach", gestand Heidi. „Weißt Du, dass Du magische Hände hast, Gerhard? Daran könnte ich mich gewöhnen. Was hältst Du davon, wenn Du heute hierbleibst?"

„Musst Du nicht arbeiten?"

„Keine Sorge. Ich kann es mir schon erlauben, einmal blau zu machen."

Im Laufe des Tages kamen sich die Beiden durch Gespräche über Gott und die Welt und den Austausch von Zärtlichkeiten immer näher. Schließlich fragte Heidi ihren Gast, ob er nicht die Rolle ihres Beschützers übernehmen wolle.

„Wer, ich? Meinst Du das ernst?"

„Ja, weshalb nicht? Ist ein ruhiger Job. Niemand macht mir hier Schwierigkeiten. Ich bin so etwas wie die Mutter des Kiezes."

„Ich habe aber keine Erfahrungen in diesem Job."

„Du wirst Dich bestimmt schnell einarbeiten. Bist doch ein heller Kopf."

„Aber dann brauche ich ein Zimmer. Bei meinem Sohn kann ich nicht mehr wohnen, wie ich Dir ja erzählt habe."

„Du wohnst natürlich bei mir. Meine

Freier empfange ich in einem Zimmer über der Wohnung. Du wirst also auf keinen Fall gestört oder belästigt. Im Notfall musst Du natürlich anrücken."

„Na schön. Weshalb eigentlich nicht?"

Opa schrieb umgehend eine weitere SMS an Dieter, in der er ihm mitteilte, dass er seinen Streifzug durch Galerien und Museen noch einige Tage fortsetzen wolle.

„Macht Euch keine Sorgen. Ich bin in einer erstklassigen Pension untergekommen."

Dieter antwortete Opa umgehend. In einer kurzen SMS gab er ihm drei Tage Zeit, wieder nach Hause zurückzukehren.

„Stehst Du dann nicht bei uns auf der Matte, lasse ich Dich durch die Polizei suchen. Dein Ausreißversuch ist der beste Beweis dafür, dass Du in ein Altersheim gehörst."

Als Opa seiner neuen Freundin die SMS zeigte, zuckte diese nur gleichgültig mit den Schultern.

„Lass Dir mal keine grauen Haare wachsen. So schnell schießen die Preußen nicht, wie Dein sauberer Herr Sohn glaubt. Uns wird schon etwas einfallen, damit er Ruhe gibt."

Bereits am folgenden Tag nahm Opa seinen Job als Heidis Beschützer auf, den er sehr ernst nahm. Und er hatte auch gleich seinen ersten Einsatz, als ein betrunkener Seemann Heidi die Maske abreißen wollte, die sie seiner Meinung nach trug. Aufgeschreckt durch eine effektive Alarmanlage, die das Freierzimmer mit der Wohnung verband, stürmte er die Treppe hoch, riss die Tür auf und nahm den Seemann in den Würgegriff.

„So, mein Junge, nun ist es aber genug!"

„Ist ja schon gut. Aber ich krieg' einfach die Maske nicht ab."

„An Heidi ist alles echt. Aber nun komm! Es geht heim zu Muttern..."

Opa packte den Seemann am Kragen und zerrte ihn die Treppe hinunter. Draußen vor der Tür gab er ihm noch einen gut gemeinten Rat mit auf den Weg.

„Wenn Du glaubst, dass jemand eine Maske trägt, dann lass sie ihm. Vielleicht braucht er sie ja."

Der zweite Tag als Heidis Beschützer brachte für Opa eine handfeste Überraschung mit sich. Bei einem zufälligen Blick aus dem Stubenfenster am späten Nachmittag entdeckte er nämlich in einer Gruppe von fleißigen, engagierten Sexarbeiterinnen seinen Sohn Dieter.

„Das gibt's doch gar nicht!" entfuhr es dem Alten. „Dieser Typ nascht ja tatsächlich von fremden Tellern. Naja, jeden

Tag Hausmannskost ist auf Dauer doch ein bisschen eintönig."

Opa ließ sich natürlich nicht die Gelegenheit entgehen, mit Heidis Handy seinen Sohn in der Gruppe und mit den beiden jungen, sexy Prostituierten zu fotografieren, mit denen er schließlich abzog. Er konnte noch beobachten, wie sie in das nahegelegene Bordell „Ich kann immer" einkehrten.

„Ich auch", murmelte Opa und folgte dem Trio in das Etablissement, wo er sich an die Bar setzte und ein kühles Blondes bestellte. Nachdem er eine Zeit lang damit beschäftigt war, die Frauen abzuwehren, die sich von der Leistungsfähigkeit seines Sexualorgans einen eigenen Eindruck verschaffen wollten, rief er Dieter auf dem Handy an.

„Komm runter, mein Sohn, gleichgültig, in welcher Position Du Dich gerade befindest. Ich erwarte Dich an der Bar."

Es dauerte nicht lange, bis Dieter neben ihm stand.

„Manchmal werden Albträume wahr", kam es diesem über die Lippen. „Was machst Du hier?"

„Ich bin Dir gefolgt. Wie gut, dass ich noch so gute Augen habe."

„Und was willst Du? Mich erpressen?"

„Ich möchte, um gleich auf den Punkt zu kommen, dass Du Deine Drohung zurücknimmst, mich in ein Altersheim zu stecken. Und ich möchte zukünftig allein über mein Leben entscheiden. Hast Du verstanden?"

„Ja, ich habe verstanden. Was bleibt mir auch anderes übrig", knurrte Dieter.

„Okay. Dann sind wir uns ja einig."

„Was hast Du denn vor?"

„Hm, ich habe eine reizende Frau in meinem Alter kennengelernt, mit der ich

meine restlichen Tage und Nächte verbringen möchte. Sie gibt meinem Leben
noch einmal Auftrieb. Wir wohnen bereits zusammen."

Dieter warf Opa einen skeptischen Sei-
tenblick zu.

„Das ging ja schneller als die Eisen-
bahn. Wenn das mal gut geht...."

„Darüber mach Dir keine Sorgen. Es ist
auf jeden Fall einen Versuch wert."

„Na schön, mach was Du willst!"

„Das ist doch ein Wort. Und denk bitte
daran: Meine Rente fließt nun nicht
mehr in Eure Haushaltskasse."

Dieter zuckte gleichgültig mit den
Schultern.

„Wir werden deshalb nicht bankrottge-
hen."

„Das hoffe ich doch."

„Alles Gute, Papa. Unsere Tür steht Dir
immer offen."

Dieter reichte dem Alten die Hand, die dieser nicht ausschlug.

„Oh, Du erinnerst Dich, dass ich Dein Vater bin? Wie erfreulich..."

In der folgenden Zeit erwies es sich, was sich bereits zu Beginn ihrer Beziehung an. gedeutet hatte: Opa und Heidi waren wie füreinander geschaffen und harmonierten beruflich wie privat geradezu ideal miteinander. Das galt auch für den Sex, mit dem es nach und nach immer besser klappte und sich schließlich bis zur Leidenschaftlichkeit steigerte. Das war wohl nicht zuletzt Heidi zu verdanken, der es mit ihren raffinierten Verführungskünsten gelang, den schlafenden Wolf in ihrem Gerhard zu wecken.

Im Kiez genoss der 86-Jährige einen ausgezeichneten Ruf, weil er bei aller Härte, die sein Job erforderte, viel Verständnis und Fairnis an den Tag legte.

Hin und wieder besuchten die Beiden - in seriösem Outfit, versteht sich - Dieter und seine Lieben in ihrem Wohnhaus. Dort wurden sie herzlich empfangen, tauschten sich bei Kaffee und Kuchen oberflächlich über familiäre und andere Angelegenheiten aus und gingen ohne großen Trennungsschmerz wieder auseinander. Zu einem ersten handfesten Streit zwischen Heidi und Gerhard kam es, als dieser sich laut über die steigenden Rechnungen für Gleitcreme wunderte.

„Fängst Du Spießer nun an, mich zu kontrollieren?" schrie sie ihn an und trat ihn gegen das Schienbein, so dass er beinahe gestürzt wäre. „Das fehlt mir noch, dass ich einen Bullen im Haus habe."

„Es war doch nur eine Frage."

„Es war eine absolut falsche Frage."

„Ich wollte Dir nicht zu nahetreten."

„Bist Du aber."

„Es tut mir leid."

„Zu spät."

Weitere Streitereien, eigentlich ausschließlich um belanglose Angelegenheiten, trübten das Verhältnis zwischen den Beiden. Dabei ging der Streit stets von Heidi aus, die von Tag zu Tag missgelaunter wurde. Schließlich hielt es Gerhard nicht mehr aus. Er packte seine Sachen und verließ, als sich Heidi im Bahnhofsviertel ein Loch in den Bauch stand, das Haus. Er wusste auch schon, wohin ihn sein Weg führen würde - nämlich geradewegs zu Geraldine. Sie zählte achtundsechzig Lenze, war vor kurzem vom Stadtrand in den Kiez gezogen und hatte sich dort der Heilsarmee angeschlossen. Er hatte sie kennengelernt, als sie mit ihren Leuten musizierend durch das Bahnhofsviertel zog.

„Du bist neu hier, nicht?" hatte sie ihn während einer Verschnaufpause gefragt.

„Ja, und alt hier", antwortete er und deutete mit der Hand auf sein Gesicht und seinen Körper. "

„Du bist doch gut beieinander. Wie ist denn Dein Name?"

„Gerhard."

„Ein schöner Name."

„Und wie heißt Du?"

„Geraldine."

„Das klingt wie Musik."

„Mein Leben ist Musik."

Beim Abschied bot sie ihm an, sie doch einmal zu besuchen - dann schlug sie wieder auf die Pauke. Die Beiden begegneten sich noch mehrmals, wobei sie sich jedes Mal angeregt unterhielten - und sich Stück für Stück näherkamen: Die Sympathie füreinander war offensichtlich.

„Was wird sie wohl sagen, wenn ich plötzlich vor ihrer Tür stehe?" fragte sich Opa zweifelnd. „Naja, wenn sie mich wegschickt, muss ich mir eben etwas anderes suchen.

Geraldine dachte jedoch nicht daran, ihn wegzuschicken. Ganz im Gegenteil! Sie zeigte sich hocherfreut, ihn so unerwartet wiederzusehen und zog ihn in ihre Wohnung. Als Gerhard ihr bei einer Tasse Kaffee wahrheitsgemäß über sein zerrüttetes Verhältnis zu Heidi berichtete, umarmte und streichelte sie ihn tröstend.

„Oh Du Ärmster! Dann lebst Du jetzt ja sozusagen auf der Straße. Das kann ich natürlich nicht zulassen. Wenn Du möchtest, kannst Du bei mir wohnen. Hier ist Platz genug für Zwei."

„Oh, Du bist ein Schatz. Nichts, was ich lieber täte."

Opa drückte Geraldine fest an sich und küsste sie auf die Wange. Abends, im Bett, blieb es nicht bei einem Wangenkuss. Es ging hoch her zwischen den Beiden, die sich bis zur Ekstase liebten: Das hatten beide so noch niemals zuvor erlebt.

„Ich lasse Dich nie wieder gehen!" versicherte Geraldine ihrem neuen Freund am folgenden Morgen, an dem auch der Alltag für das Liebespaar anbrach. Dieser bestand für Geraldine im Wesentlichen darin, mit der Musikgruppe der Heilsarmee durch die Straßen des Kiezes zu marschieren und erbauliche Lieder zu singen, während Gerhard den Haushalt besorgte und das Mittagessen zubereitete.

Eines Tages fragte ihn seine Liebe, ob er sich nicht der Musikgruppe anschließen wolle.

„Du kannst gut singen. Ich höre Dich ja immer, wenn Du im Badezimmer bist."

Opa zeigte sich zuerst ein wenig skeptisch, sagte dann aber zu.

„Ich kann es ja mal versuchen."

Wie sich schnell herausstellte, war der „Neue" eine wirkliche Bereicherung für die Musikanten: Sein bisweilen ein wenig brüchiger Tenor fesselte die Zuhörer, die häufig eine Zugabe forderten. Einige versprachen sogar, wieder auf den christlichen Pfad zurückgekehrt, den sonntäglichen Gottesdienst zu besuchen: Opa avancierte zum unentbehrlichen Zugpferd der Gruppe.

Eine weitere Veränderung in seinem Leben zog die neuerliche Begegnung mit Heidi nach sich, die früher oder später ja erfolgen musste. Die Siebzigjährige befand sich auf dem Heimweg vom Einkaufen, als sie auf das Musikkorps der Heilsarmee stieß. Ihr Blick fiel sofort auf Gerhard, der ein wenig zusammenzuckte, als er sie bemerkte.

„Meine Verflossene!" rief er Geraldine halblaut zu.

„Das gibt es doch gar nicht. Hier bist Du also gelandet", entfuhr es Heidi und brach in schrilles Gelächter aus.

„Lassen Sie Gerhard zufrieden. Er fühlt sich sehr wohl bei uns!" empfahl Geraldine der alten, aufgedonnerten Frau und legte ihren Arm um Gerhard.

„Oh, ich verstehe. Sie haben einen guten Geschmack..."

Die betagte Sexarbeiterin schaute Geraldine forschend ins Gesicht.

„Aber wir kennen uns doch Schätzchen. Du bist Geraldine. Wir haben uns vor Menschengedenken Schlammschlachten geliefert und dabei nicht schlecht verdient."

„Du bist die Heidi...?"

„Ja, ich bin die Heidi, das Schlamm-monster."

„Und ich die glitschige Jungfrau."

Die beiden Frauen lachten laut auf und umarmten sich herzlich. Das Ende vom Lied war, dass Heidi ihre ehemalige Schlammschlacht-Partnerin zu sich nach Hause einlud.

„Wir machen uns ein paar gemütliche Stunden. Und bring ruhig Gerhard mit. Ihr gehört ja jetzt zusammen."

Tatsächlich kam es bereits am folgen-den Samstag zu einem Treffen zwischen dem Liebespaar und dem einstigen Schlammmonster, dem Opa allerdings mit gemischten Gefühlen entgegensah. Konnte es gutgehen? Würden nicht Riva-litäten zwischen den beiden Frauen auf-brechen, die schon lange keine Freun-dinnen beziehungsweise Arbeitskolleginnen waren? Wie sich herausstellte, harmonierten Geraldine und Heidi bestens miteinander. Sie tauschten trübe und heitere Erinnerungen an die ein Menschenleben zurückliegenden Schlammschlacht-Zeiten aus, lachten miteinander und erzählten frei, wie ihr Leben verlaufen war, seitdem sich ihre Wege getrennt hatten. Opa, der sich bisweilen als fünftes Rad am Wagen fühlte, erfuhr dabei nie für möglich gehaltene Einzelheiten vom Leben auf dem Kiez.

Das gemütliche Beisammensein des Trios endete schließlich im Bett. Vorgeschlagen hatte dies Heidi, die es ein wenig unfair fand, dass Geraldine ihren Ex-Freund für sich allein beanspruchte.

„Ich habe schließlich den Tiger in ihm geweckt. Machen wir es doch gemeinsam."

Bevor der Alte etwas erwidern konnten,

packten ihn Geraldine und Heidi an den Armen und schleiften ihn ins Schlafzimmer, wo sie ihm und sich die Kleidung vom Körper rissen und sich dann aufeinander stürzten. Es war der Auftakt zu einer beispiellosen Sex-Orgie, die sich bis zum Morgengrauen hinzog. In den folgenden Tagen und Wochen kam es immer wieder zu ausufernden Sex-Treffen des Trios, die wechselseitig bei Heidi und bei Geraldine stattfanden. Dabei ging dem Sechsundachtzigjährigen, der sich auch sexuell ausgebeutet fühlte, nach und nach die Luft und die Lust aus. Schließlich weigerte er sich, bei dem Spielchen weiter mitzumachen, was die Frauen empörte.

„Umsonst bei mir leben - das kannst Du, Du Parasit!" schrie ihn Geraldine an. „Was bist Du nur für ein asozialer Typ."

„Bei mir war es doch das Gleiche. Für

eine solche Kreatur bin ich mir zu schade", ließ sich Heidi hören, die ein ange-
widertes Gesicht zog. „Wie konnten wir
uns nur mit diesem alten Sack einlassen.
Aber manchmal ist man eben blind und
taub."

Geraldine packte Gerhard am Kragen.
„Also machst Du nun mit oder nicht?"

„Nö."

„Dann lass es, es geht auch ohne Dich.
Und sieh zu, dass Du Land gewinnst!"

Wenig später stand Opa auf der Straße,
während die beiden Frauen das Bett zer-
wühlten.

„Ich hab' ja noch ein Zuhause", murmelte er und machte sich auf den Heimweg. „Ich bin der Gerhard, Dein Vater.
Erkennst Du mich?" ließ er sich hören,
als er schließlich seinem irritiert blicken-
den Sohn gegenüberstand, der auf sein
Klingeln die Haustür geöffnet hatte.

„Waren wir verabredet?"

„Nein. Aber ich habe eine gute Nachricht für Dich."

„Hm."

„Ich bleibe."

„Du bleibst?"

„Das wird Dich sicherlich freuen."

„Was bleibt mir anderes übrig?"

„Das ist wahr."

Auch die Begeisterung von Marceline und den Kindern hielt sich in Grenzen, als sie erfuhren, dass Opa in die schützenden Wände des Einfamilienhauses zurückgekehrt sei. Der 86-Jaehrige nahm es gelassen. Er hatte das Gefühl, dass er sowieso nicht lange bleiben würde.

„Das Leben ist voller Überraschungen. Wer weiß, was es noch alles für mich bereithält", dachte er.

Tatsächlich hatte das Leben die größte

Überraschung für ihn, die es zu bieten hatte: den Tod. Er kam mitten im Schlaf - und natürlich viel zu früh. Was hätte er noch alles erleben, was auf die Beine stellen können: 86 Jahre ist doch kein Alter.

Zur Beerdigung auf dem örtlichen Friedhof erschienen unerwartet viele Menschen - neben Familienangehörigen, Freunden und Bekannten auch zahlreiche aus dem Kiez. Sie alle wollten dem Verblichenem die letzte Ehre erweisen. Dazu gehörten auch Heidi und Geraldine, die es zutiefst bereuten, Gerhard so schlecht behandelt zu haben.

„Er war doch eine tolle Nummer", waren sie sich einig.

Dieter Marceline und die Kinder nahmen in der Kapelle von dem offen Aufgebahrten endgültig Abschied. Plötzlich wies Marc aufgeregt auf den wie schlafend wirkenden Toten.

„Seht doch, Opa hat...“

Weiter kam er nicht, da ihm sein Vater schnell den Mund zuhielt.

„Hat er nicht: Das sieht nur so aus. Und Du hältst jetzt den Mund! Ich will dies nie wieder hören!“

Aber dazu gab es ja auch keinen Anlass mehr...

Die Magie der „Liebenden"

Etwa zehn Kilometer von Urms, einer Kleinstadt in der Pfalz, entfernt, erhob sich die „Das Liebespaar" - mit eintausenddreihundertdreiundvierzig Metern die höchste Erhebung des Mittelgebirges, das sich durch das Land schlängelte. Seinen Namen hatte das Gebirgsmassiv von einem Felsen, der sich in einer Tropfsteinhöhle an seinem Fuße befand. Im Laufe der Zeit, die sich nur in hunderttausenden oder gar Millionen von Jahren messen lässt, hatten die von der Höhlendecke niedergehenden Tropfen daraus eine Skulptur geschaffen, in der man unschwer ein Liebespaar erkennen konnte, das den Liebesakt vollzog.

Da die Tropfsteinhöhle sehr abgelegen und nur durch einen längeren, beschwerlichen Fußmarsch zu erreichen war, fanden nur verhältnismäßig wenige Einheimische und Touristen den Weg dorthin, um dieses von der Natur geschaffenen Kunstwerk zu bestaunen. Auch die beiden in Urms lebenden Freundinnen Margrit und Ursula nicht, die in ihrer Freizeit gern einmal eine ausgedehnte Wanderung durch die nahe und weitere Umgebung unternahmen - und zwar ohne Ehemänner. Diese veranstalteten in der Zwischenzeit eine gemütliche Herrenrunde, in der das Bier niemals ausging. Es war Margrit, die auf die Idee kam, einmal eine Wanderung zur Liebesgrotte zu unternehmen.

„Das ist doch mal etwas ganz Besonderes."

„Ja, besonders anstrengend. Du weißt, dass schon so mancher wieder umgekehrt ist, weil ihm einfach die Power ausging."

„Das kann uns doch wohl nicht passieren."

„Hm... Ein Abenteuer ist es auf jeden Fall."

„Und kleinen Abenteuern sind wir durchaus nicht abgeneigt."

„Lass das bloß nicht Deinen Menne hören!"

Die beiden sportlichen Anfang Vierzigerinnen lachten fröhlich. Eine Weile sprachen sie noch über das Vorhaben, das sich immer mehr konkretisierte. Schließlich kamen sie überein, bereits am folgenden Sonnabend zur Liebesgrotte aufzubrechen.

„Lassen wir das Abenteuer nicht warten!" rief Margrit scherzhaft aus.

Die Wetterbedingungen am anvisierten Wandertag waren geradezu ideal. Der Himmel hatte sich mit einer dünnen Wolkendecke überzogen und sorgte so dafür, dass die Sonne an diesem Augusttag nicht ihre ganze Kraft auf der Erde entfalten konnte. Die Temperaturen bewegten sich in einem auch für Wandervorhaben angenehmen Bereich. Ursula stand bereits kurz nach Morgengrauen bei ihrer Freundin auf der Matte.

„Alles paletti?"

„Kannst Du Dir etwas anderes vorstellen?"

„Natürlich nicht."

„Das meine ich doch."

Die beiden Frauen hielten sich nicht lange in der Wohnung auf. Margrit warf noch einen Blick auf ihren schlafenden Menne und schnappte sich dann ihren fertig gepackten Rucksack. Wenig später startete Ursula ihren metallicblauen Clio, den sie bereits zehn Jahre unfallfrei fuhr, und das Abenteuer für die beiden Freundinnen begann. Das erste Ziel, das sie anvisierten, war das idyllische Dorf Ellenhausen, wo sie übers Wochenende in einer kleinen Pension, einem Familienbetrieb, ein Doppelzimmer gebucht hatten. Bei ihrer Ankunft in der Pension, einem vorbildlich renovierten Fachwerkbau aus dem neunzehnten Jahrhundert, wurden sie freundlich von einer älteren, offen wirkenden Frau empfangen. Sie stellte sich als die Senior-Chefin vor und fügte schmunzelnd hinzu:

„Es würde mich freuen, wenn Sie mein Alter etwas niedriger schätzen als ich bin."

Trotz der frühen Morgenstunde wartete die Senior-Chefin, die über das Vorhaben der beiden Freundinnen informiert war, mit einem reichhaltigen Frühstück auf.

„Davon werden Sie lange zehren", versprach sie.

Für einen Augenblick setzte sie sich mit an den Frühstückstisch.

„Ich darf doch?"

Es dauerte nicht lange, bis sie auf das Wanderprojekt des dynamischen Duos zu sprechen kam.

„Da haben Sie sich ja einiges vorgenommen. Aber so, wie ich sie einschätze, werden Sie es schon schaffen."

In diesem Zusammenhang berichtete sie von einigen Gästen, die ihre Kräfte überschätzt und vorzeitig aufgegeben hätten: Das seien keineswegs nur ältere Leute gewesen. Auch jüngere hätten die Flinte ins Korn geworfen.

„Wenn die Liebesgrotte nicht so unzugänglich wäre, könnte sie zur Touristenattraktion in dieser Region werden. Die Skulptur ist wirklich einzigartig."

„Wir sind schon sehr gespannt", versicherte Margrit.

„Übrigens - wenn ich das erzählen darf: Vor einiger Zeit hatte ich ein Ehepaar aus einer Nachbarstadt zu Gast, das noch nicht die Vierzig erreicht hatte. Die Beiden waren sportlich begabt und hatten sich vorgenommen, unbedingt die Liebesgrotte zu erreichen, von der sie gehört hatten. Tatsächlich schafften sie es auch und kamen hier freudestrahlend an - um dann eilig auf ihr Zimmer zu verschwinden. Sie haben es dann die ganze Nacht, bis zum frühen Morgen, miteinander...na, Sie wissen schon. Es war unüberhörbar. Ich frage mich, ob das vielleicht der Wirkung der Liebesskulptur zuzuschreiben ist."

Die Senior-Chefin lachte ein wenig unsicher.

„Das wird sich ja herausstellen. Vielleicht sollten wir schon einmal unsere Männer her zitieren", meinte Ursula scherzhaft und grinste dabei Margrit an.

Nach dem Frühstück und einem vorsorglichen Toilettengang brachen die beiden Frauen auf. Etwa fünf Minuten später erreichten sie offenes, hügeliges Gelände, von dem aus sie gut „Das Liebespaar" mit seinem wolkenverhangenen Gipfel erkennen konnten. Das Bergmassiv erhob sich in westlicher Richtung, hinter einem ausgedehnten Waldgebiet, das die beiden Wanderinnen durchqueren mussten. Wie sich herausstellte, erforderte dies mehr Power als gedacht, da die wenigen vorhandenen schmalen Pfade teilweise zugewachsen waren, was da Fortkommen stark beeinträchtigte. Aber schließlich hatten sie es doch geschafft und den Wald durchquert. Am Waldrand legten sie eine längere Rast ein, um sich zu stärken und neue Kräfte zu sammeln.

„Das hat ganz schön geschlaucht. Aber wir haben es doch gut geschafft" stellte

Margrit zufrieden fest.

„Stimmt. Doch der eigentliche Härtetest steht uns ja noch bevor."

Tatsächlich stellte der zweite Teil der Exkursion eine weitaus größere Herausforderung dar als die Durchquerung des urwaldartigen Waldes - denn von nun an ging es stetig bergauf. Zwar verlief die Neigung des Berghangs bis zur Liebesgrotte verhältnismäßig moderat, doch wurde der Aufstieg durch einen unwegsamen, bizarren Geröllteppich, der sich im Laufe der Zeit durch Felsstürze gebildet hatte, zu einer wirklichen Strapaze.

„Jetzt verstehe ich, weshalb so mancher vorzeitig wieder umgekehrt ist", ließ sich Ursula während einer Verschnaufpause hören und wischte sich den Schweiß von der Stirn.

„Ja, aber für uns gibt es doch wohl nur eine Richtung - vorwärts. Oder...?" ant-

wortete Margrit scherzhaft im forschen
Ton eines Militärs.

„Zu Befehl, mein General!"

Schließlich hatten es die beiden Frauen
geschafft: Sie standen vor dem etwa zwei
Meter breiten und ebenso hohen Eingang zur Liebesgrotte.

„Na, wer sagt es denn? Davon können
wir noch unseren Kindern und Kindes-
kindern berichten", rief Margrit lachend
aus und umarmte ihre Freundin über-
schwänglich.

Kurz darauf drang das dynamische Duo
in die Höhle vor und suchte mit Taschen-
lampen die kirchenraumgroße Höhle der
Skulptur ab. Ursula entdeckte sie
schließlich in der linken Ecke der hinte-
ren Höhlenwand.

„Da haben wir Dich ja!" entfuhr es ihr.

Bei der näheren Betrachtung der „Liebenden" malte sich leichte Enttäuschung

in die Gesichter der beiden Frauen.

„So überwältigend ist es nun auch nicht", ließ sich Margrit hören.

„Stimmt. Aber es ist schon interessant, dass durch eine Laune der Natur so eine Skulptur entstanden ist."

„Ja, sicher."

Das Duo widmete sich noch eine Zeit lang dem Naturkunstwerk, bis Ursula bemerkte:

„Irgendwie hat die Skulptur eine eigenartige Wirkung. Findest Du nicht auch?"

„Hm. Ich weiß sehr wohl, was Du meinst. Vielleicht liegt es ja daran, dass unsere beiden Liebenden spitz wie Nachbars Lumpi sind. Das wirkt anregend."

„Wie ja auch das Beispiel des Ehepaares zeigt, von dem unsere Wirtin berichtet hat."

„Also ich wünsche mir manchmal, meinetwegen über Tage so scharf zu sein, dass ich es kaum noch aushalten kann und aus dem Bett nicht mehr rauskomme. Bin ich nicht abgrundtief pervers?"

„Ja, ebenso wie ich - denn davon träume ich auch."

„Das wäre mal eine Abwechselung vom Ehealltag."

„Nichts gegen unsere Männer: Sie geben alles, was sie können."

Die beiden Freundinnen lachten. Als sie zufälligerweise fast gleichzeitig mit der Hand über die Skulptur fuhren, durchflutete sie ein Gefühl absoluter Geilheit.

„Oh mein Gott!" entfuhr es Ursula, während Margrit lustvoll aufstöhnte. Ohne ein weiteres Wort zu verlieren gingen die Beiden aufeinander zu, umarmten und küssten sich leidenschaftlich und zogen sich hastig gegenseitig aus. Zwei kleine, dünne Decken und ihre nicht gerade üppige Kleidung diente ihnen als Unterlage auf dem harten Höhlenboden, wo sie es über eine Stunde lang exzessiv miteinander trieben und in kürzesten Abständen einen Orgasmus nach dem anderen erlebten. Ihre gellenden Lustschreie erfüllten die Höhle und hätten wohl an einem anderen Ort zu einem massiven Menschenauflauf geführt.

„Wir müssen aufhören. Wir können nicht noch stundenlang so weitermachen!" hechelte Margrit schließlich, die in Schweiß badete und leicht zitterte.

„Ja, auf jeden Fall. Wir müssen ein Ende finden", antwortete Ursula schweratmend und schob ihre Faust zum wiederholten Male in die Möse ihrer Freundin. Abermals hallten die Lustschreie und das Stöhnen der beiden Liebenden in der Halle wider. Es war wiederum Margrit, die nach einem weiteren, nicht enden wollenden Orgasmus aufsprang und feststellte:

„So kann es nicht weitergehen. Wir müssen aufhören."

„Ich kann nicht. Ich bin so geil...."

„Was meinst Du wohl, was ich bin? Komm...!"

Margrit zog ihre Freundin an den Armen hoch, die sich desorientiert umsah.

„Was ist mit uns passiert?"

„Hm. Über uns gekommen ist es, nachdem wir unsere Sexwünsche geäußert und die Skulptur berührt haben."

„Dann ist die Skulptur so etwas wie Aladins Wunderlampe für Sex?" meinte Ursula in spöttischem Tonfall.

„Eine Erklärung für das alles habe ich auch nicht parat. Aber vielleicht weißt Du ja mehr."

„Hm. Und wie soll es nun weitergehen?"

„Wir müssen versuchen, unsere Geilheit wieder auf Normalzustand zu bringen. So geil wie jetzt können wir auf keinen Fall unter Menschen gehen. Das hätte auch schwerwiegende Auswirkungen auf unsere Ehen, wobei ich mir viele Möglichkeiten vorstellen kann."

„Ja, Du hast recht - leider. Ich würde gern noch ein paar Tage...."

„Stopp! Sprich es nicht aus!"

„Oh, ja."

„Also alles zurück auf Normal: Ich fange an. Ich wünsche mir meine alte Sexualität zurück!" sprach Margrit und legte ihre beiden Hände auf die Skulptur. Im gleichen Augenblick spürte sie, wie ihre Hyper-Geilheit wich und sie wieder normal empfand.

„Bei mir hat es geklappt. Und nun Du!"

„Na gut. Wenn es denn sein muss."

Ursula sprach die gleichen Worte wie ihre Freundin und berührte ebenfalls mir beiden das magische Naturkunstwerk - und war im Nu wieder die „Alte".

„Oh wie schade. Nun sind wir wieder zurück in unserer nüchternen Gefühls-wirklichkeit."

„Das hast Du aber gut gesagt."

Auf dem Rückweg, während einer Rast, sprachen die beiden Frauen darüber, dass sie erstmals Sex miteinander hatten. Keine von ihnen bereute es, wie sich her-ausstellte. Doch vor ihren Ehemännern wollten sie dies geheim halten.

„Sie müssen ja nicht alles wissen! Viel-leicht ist es sowieso am besten, über-haupt nichts von der Wirkung der Skulp-tur zu erzählen. Du weißt ja: Männer sind auf ihren Schwanz fixiert. Die wür-den sofort hierher wollen - und dann wä-re es garantiert mit einem normalen Leben vorbei. Die würden nur noch Sex wollen - Sex, Sex, Sex."

„Und vielleicht ihre Arbeit vernachlässigen."

„Durchaus möglich. Wenn die ihren Schwanz spüren, geht jegliches Verantwortungsbewusstsein flöten."

„Männer sind schwach."

„Und manchmal wie Tiere."

Margrit und Ursula lachten. Nachdem sie ihren Durst mit Power-Drinks gelöscht und die restlichen Kekse gegessen hatten, setzten sie ihren Rückweg fort. Erschöpft, aber wohlbehalten trafen sie schließlich in der kleinen Pension ein, wo sie die Senior-Chefin freudig begrüßte.

„Sie haben es geschafft, ja...?"

Zurück in den Armen ihrer Männer nahmen die beiden Frauen wieder ihr gewohntes Leben auf. Ihr selbstauferlegtes Schweigegebot über das Geheimnis der Naturskulptur hielten sie allerdings nur wenige Tage durch. Dann konnten sie sich nicht länger zurückhalten und erzählten ihren Männern davon - zuerst Ursula, dann Margrit. Dabei gingen sie jedoch nicht auf Einzelheiten ein und verschwiegen auch ihren ausschweifenden Sex, den sie miteinander hatten. Die Männer, die es anfangs für einen Spaß hielten, blieben zwar skeptisch, doch ihre Neugierde war geweckt. Beim nächsten Treffen der befreundeten Paare, die nur wenige Gehminuten voneinander trennten, kamen sie überein, eine weitere Exkursion zur Liebesgrotte zu unternehmen - diesmal zu Viert. Dabei war den beiden Frauen durchaus klar, was passieren konnte oder musste. Aber die Aussicht auf einen neuerlichen Sexualrausch, auf hemmungslose Lust und ausschweifenden Sex, wog alle Bedenken auf.

Eine Woche später, wiederum an einem Sonnabend, brach das Quartett zur Liebesgrotte auf, die Tom, Ursulas Ehemann, und Menne als erste betraten. Die Sex-Abenteurer versammelten sich um „Die Liebenden", dann sprachen sie gemeinsam die von den beiden „sachverständigen" Frauen formulierte Wunsch-Formel: „Lass mich für einen Augenblick so geil sein wie vor meinem ersten Orgasmus!" Anschließend legten sie alle gleichzeitig eine Hand auf „Die Liebenden". Der Erfolg stellte sich umgehend ein. Im Nu durchflutete Männlein und Weiblein unbeschreibliche Geilheit, so dass sie in lautes Stöhnen ausbrachen. Doch wie gewünscht war es damit auch sofort wieder vorbei.

„Na, haben wir zu viel versprochen?" wandte sich Margrit an die beiden Män-

ner, die wie abwesend vor sich hinstarr-
ten.

„Das ist ja..." ließ sich Menne hören.

„Ja, das ist ja..." stammelte auch Tom
und sah an sich herunter.

„Und? Wie ist es nun? Welchen Gang
legen wir ein?" wollte Ursula wissen und
sah sich in der Runde um.

„Das war schon der richtige Gang. Wir
sollten es aber zeitlich begrenzen - vielleicht auf eine Stunde" befand Menne
und löste damit bei den anderen zu-
stimmendes Kopfnicken aus.

So sprachen die Vier also abermals die
um den Zeitfaktor erweiterte Formel -
und verloren sich dann in einem Woll-
lustrausch, in dem jedes Tabu, das bis
dahin zwischen ihnen bestand, gebro-
chen wurde. Alle trieben es mit allen und
lebten dabei ihre geheimsten Sexwünsche aus.

Auch an den folgenden Wochenenden kannten die beiden kinderlosen Ehepaare kein anderes Ziel als die Liebesgrotte, die sich quasi zu ihrem zweiten Zuhause entwickelte. Zwar konnten sie wie bisher ihren Alltag bewältigen, doch fieberten sie alle dem sechsten Wochentag entgegen, der ihnen lustvolle Stunden bescherte. Tom hatte die Idee, eine Woche Urlaub zu nehmen und diesen in der Höhle zu verbringen.

„Wir versorgen uns mit allem, was wir benötigen und genießen dort unsere Zeit."

Gesagt, getan. Die beiden Männer reichten ihren Urlaub ein, der ihnen auch umgehend genehmigt wurde - und dann stand ihrem Vorhaben nichts mehr im Wege. Als sie sich diesmal auf den - im wahrsten Sinne des Wortes - steinigen Weg machten, waren sie schwer bepackt und schwitzten unter der Last, die auf ihre Schultern drückte. So waren sie erleichtert, als sie endlich die Liebesgrotte erreichten. Nachdem sie sich ein wenig ausgeruht hatten, waren sie noch eine Zeitlang geschäftig, bevor sie sich ins nächste Sex-Abenteuer stürzten.

Just beim gemeinsamen Sprechen der Wunschformel, auf die sich das sexhungrige Quartett geeinigt hatte, erschien eine Gruppe verhältnismäßig junger Leute, sämtlich Mitglieder des Ellenhausener Vogelfreunde-Vereins, am Höhleneingang. Einige von ihnen hatten teure Kameras mit Teleobjektiven dabei, um am Ziel ihrer Exkursion, einem Adlerhorst, Fotos für private Zwecke und ihre Clubzeitschrift zu schießen. Die ornithologisch interessierten Männer und Frauen starrten verblüfft auf die Szenerie, die sich ihnen bot - bis sie von Ursula, die gerade von zwei Seiten gebumst wurde und selbst die Möse ihrer Freundin leckte, entdeckt wurden. Ihr schriller, sirenenhafter Aufschrei beendete die Sex-Orgie der beiden Ehepaare. Sie schnellten hoch, warfen sich hastig etwas über und murmelten dann die Formel, die ihren sexuellen Appetit wieder auf Normalzustand brachte.

„Entschuldigen Sie, wir wollten nicht... Wir sind nur zufällig... " stammelte der 34-jährige Matthias Lechner, seit kurzem Vorsitzender der Ellenhausener Vogelfreunde.

„Schon gut", antwortete ihm Menne und zuckte ein wenig hilflos mit den Schultern.

„Aber was hat das mit dem Ritual auf sich, das sie vor...na, Sie wissen schon...zelebriert haben?"

„Ritual? Oh, Sie meinen... Ja, das hat

sich bei uns so eingebürgert. Das macht uns irgendwie an."

Lechner ließ ein belustigtes, jungenhaftes Lachen vernehmen, in das die anderen um ihn herum spontan einstimmten.

„Vielleicht wirkt es ja auch auf uns. Kommt!"

Das ließen sich die Vogelfreunde, die es als Super-Gag ansahen, nicht zweimal sagen. Sie drängten in die Höhle, sprachen, immer wieder in Gelächter ausbrechend, die Wunsch-Formel, die sie gehört hatten, und legten ihre Hände auf die Skulptur. Der Effekt blieb nicht aus. Die Gruppe stöhnte laut auf - und bereits einen Augenblick später fielen alle übereinander her...

Die vier Urmser jedoch packten ihre Sachen und machten sich auf den Heimweg. Bevor sie die Liebesgrotte verließen, schlug sich Margrit zu dem Vorsitzenden durch, der gerade in das weiche Fleisch der Schriftführerin eingedrungen war, und erinnerte ihn daran, zum Abschluss wieder auf „Normal" runterzufahren.

„Wünschen Sie sich ihre alte Sexualität zurück!"

Die beiden befreundeten Ehepaare, die sich eigentlich auf eine Woche exzessiven Dauersex
eingestellt hatten, kamen in Ellenhausen abgekämpft und frustriert an. Sie fuhren aber nicht sofort nach Hause, sondern suchten zuerst ein Fast-Food-Restaurant auf, wo sie sich mit Chicken-Filet und Burger-Steak stärkten.

„Wir waren zu unvorsichtig und haben überhaupt nicht einkalkuliert, dass andere das gleiche Ziel haben wie wir", sagte Menne mehr für sich und nahm einen kräftigen Schluck Cola.

„Tja, wir hatten eben nur Sex im Kopf, da geht die Vernunft flöten", stellte Tom fest.

„Auf jeden Fall ist es mit dem Geheimnis um die Skulptur nun vorbei - das ist ja wohl klar!" unkte Margrit und löste damit für einen Augenblick allgemeines resigniertes Schweigen am Tisch aus, das Ursula schließlich beendete.

„Aber das Leben geht weiter. Wir waren ja auch vorher glücklich", befand sie.

Tatsächlich verbreitete es sich wie ein Lauffeuer in Ellenhausen und darüber hinaus in der gesamten Region, welche Wirkung die Naturskulptur auf das sexuelle Empfinden auslöste. Die Folge war, dass sich ein anschwellender Strom von Sexabenteurern auf den Weg zur Liebesgrotte machten, in der ständig ein unbeschreibliches Gedränge und höllischer Lärm herrschten. Hin und wieder kam es auch zu Handgreiflichkeiten und Rangeleien, ja, manchmal sogar Schlägereien - bis ein selbsternannter Sicherheitsdienst eingriff und für Ordnung sorgte. Dieser kassierte allerdings auch Eintrittsgeld für das bis dahin kostenlose Vergnügen.

In der Höhle selbst konnten und durften keine Orgien mehr gefeiert werden: Dafür mussten sich die hochgeilen Männer und Frauen ein Plätzchen außerhalb suchen. Dies führte dazu, dass der gesamte Berghang unterhalb der Höhle sowie das angrenzende Waldgebiet übersät waren mit Menschen, die ihre sexuelle Lust auslebten. Findige Händler nutzten die Gunst der Stunde und boten an Ständen Hot Dogs, Pommes Frites und Pizza sowie Bier und Limonaden an. Andere verkauften verschiedene Unterlagen, Decken und Kissen, die reißenden Absatz fanden.

Aber auch selbsternannte Heilige und Propheten tauchten auf, die ihre Botschaft unters Volk bringen wollten. Die „Heiligen" warnten vor dem Teufel „Lust", der den Menschen vollständig besetze, alles Gute zerstöre und ihn schließlich geradewegs in die Hölle führe. Die Propheten waren sich einig, dass das geile Treiben am Berg ein Zeichen für den nahen Niedergang des Menschengeschlechts sei.

„Es war immer die Geilheit, die vor dem Fall kam. Das wird auch diesmal nicht anders sein!"

Natürlich berichteten die Medien im In- und Ausland - Radio, Fernsehen und Zeitungen - über die Ereignisse rund um die magische Naturskulptur. Das führte zu einem weiteren explosionsartigen Anschwellen der Menschenmassen, die in diese Region der Pfalz aufbrachen, und zu immer weiter um sich greifenden chaotischen Zuständen. Die Gemeinde Ellenhausen, aber auch Kreis und Land, die viel zu lange untätig geblieben waren, griffen zu einer Reihe von rigorosen Maßnahmen, um die Lage wieder in den Griff zu bekommen. So ließen sie unter anderem ein weites Gebiet rund um die Grotte von den Sex-Touristen räumen, wobei es zu massiven Auseinandersetzungen zwischen ihnen und der Polizei kam. Erst der Einsatz von Wasserwerfern, Tränengas und Elektroschocken führte schließlich zu dem gewünschten Erfolg. Anschließend erfolgte die Absperrung des Gebiets, das nur noch mit einer Sondergenehmigung betreten werden durfte. Am Eingang zur Liebesgrotte wurde zudem eine Stahltür installiert. Wem es gelungen war, trotz der Absperrung bis dorthin vorzudringen, kam nun nicht weiter und musste unverrichteter Dinge wieder abziehen.

Was mit der Naturskulptur in Zukunft geschehen sollte, darüber wollten Gemeinde, Kreis und Land in absehbarer Zeit entscheiden. Berücksichtigt werden sollten dabei die Erkenntnisse einer noch zu bildenden Arbeitsgruppe, für die bereits jetzt eine lange Liste von Bewerbungen vorlag. Diese Pläne wurden allerdings durch ein Ereignis zunichte gemacht, das wenige Wochen nach Beruhigung der Lage in der Region eintrat: Ein massiver Bergsturz verschüttete die Liebesgrotte, die nun unter einer meterdicken Geröll- und Schuttschicht begraben lag. Damit war das Kapitel „Magische Sexskulptur" für die breite Öffentlichkeit abgeschlossen.

Nicht aber für die beiden befreundeten Urmser Ehepaare. Dies verdankten sie einem daumengroßen Felssplitter, den Menne am Fuß des Felssockels aufgelesen hatte, der die „Liebenden" trug. Als er ihn in seine umfangreiche Gesteinssammlung eingliedern wollte, griff seine Frau nach ihm.

„Wo hast Du denn den gefunden?" wollte sie wissen.

„In der Liebesgrotte. Muss von der Skulptur abgesplittert sein."

„Oh, sag' bloß. Könnte es nicht sein...?"

Margrit sah Menne mit großen Augen an.

„Was, könnte es nicht sein?"

„Manchmal bist Du wirklich begriffsstutzig."

„Liegt in der Familie."

„Vielleicht hat der Felssplitter ja die gleichen magischen Kräfte wie die Skulptur."

„Also das glaube ich nicht."

„Das können wir ja sofort feststellen."

Margrit legte sich auf die Couch, dachte kurz nach und sprach dann mit lauter Stimme:

„Ich wünsche mir einen normalen Orgasmus von fünfzehn Sekunden!"

Kaum hatte sie dies ausgesprochen, stöhnte sie laut auf und der gewünschte Orgasmus stellte sich ein - um nach wenigen genussvollen Augenblicken abzuebben.

„Das ist ja..." ließ sich Menne hören, der ungläubig auf seine Frau starrte.

„Ja, das ist ja" echote diese und stand auf. „Ob uns wohl eine wilde Nacht bevorsteht?"

„Darauf brauche ich wohl nicht zu antworten, oder?"

Tags darauf erhielten die Beiden Besuch von Ursula und Tom, die gespannt waren auf die Nachricht, die ihnen ihre

Gastgeber mitteilen wollten.

„Nun raus mit der Sprache, was ist los? Du hast Dich am Telefon ja so geheimnisvoll gegeben", wandte sich Ursula an ihre beste Freundin.

„Hm, wir haben ein Stückchen von der Naturskulptur in unseren Händen. Und was soll ich Dir sagen: Sie wirkt."

„Sie wirkt? Du meinst, sie hat die gleichen magischen Kräfte?"

„Hat sie, das kann ich Dir versichern."

Ursula und Tom sahen einander mit erstaunten Augen an.

„Das ist ja…" brach es aus den Beiden gleichzeitig heraus.

„Ja, das ist ja…" echote Margrit abermals.

„Die Frage ist, was wir damit anfangen. Ich finde, diesmal sollten wir verantwortungsvoller damit umgehen" befand Menne. „Ich hab' auch schon eine Idee."

Einige Monate später, nachdem sämtliche Vorbereitungen abgeschlossen waren, zogen die beiden befreundeten Ehepaare in eine norddeutsche Großstadt. Dort eröffneten sie in angemieteten Räumlichkeiten ein „Initiativcenter für mehr Spaß am Sex". Der Spruch, mit dem sie warben und der schon bald zum geflügelten Wort in der Bevölkerung wurde, lautete: „Wir helfen Ihrer Lust auf die Sprünge".

Gleich von Anfang an hatte das „Lustcenter" großen Zulauf, der sich ständig verstärkte, so dass die Klienten schließlich auf eine Warteliste gesetzt werden mussten. Doch selbst Wartezeiten von vier oder fünf Monaten Dauer konnte sie nicht abschrecken: Die Aussicht auf mehr Lust hielt sie „bei der Stange". Eine Sitzung dauerte in der Regel vierzig Minuten und wurde, je nach Wunsch, von einem der vier „Lustexperten", also Menne, Margrit, Tom oder Ursula, geleitet. Im Mittelpunkt standen die Probleme und Wünsche des Klienten, der zum Schluss den an einer silbernen Kette hängenden Felssplitter mit der Hand umschließen und die für alle gleiche Wunschformel sprechen musste: „Ich wünsche mir ein normales, erfülltes Sexualleben". Diese garantierte, dass keine Probleme auftreten konnten.

„Der Stein symbolisiert die Erde, die Mutter Natur", ließ der jeweils behandelnde „Lustexperte" den Klienten wissen. „Die eigentliche Kraft aber kommt von Ihnen."

Die beiden Ehepaare selbst nutzten die Magie des Felssplitters lediglich an den Wochenenden.

„Erst die Arbeit, dann das Vergnügen", pflegte Menne gern zu sagen. Dass sie

diesen Spagat zwischen nüchternem Alltag und rauschhaftem Sexerleben schafften, ist sicherlich eine besondere Leis-
tung, wenn nicht sogar ein weiteres
Wunder - oder?

Ich will nur reden

„Na, Schätzchen, wie hättest Du es denn gern?" fragte Elvira, eine kurvenreiche, blonde Sexarbeiterin zwischen dreißig und fünfzig Jahren, ihren Freier. Helge, ein Mittvierziger, der normalerweise nicht zu bremsen war, wenn „Blond" und üppige Titten zusammentrafen, zog ein säuerliches Gesicht.

„Ich will nur reden!"

„Ja, okay. Gebongt. Im Bett oder am Tisch?"

„Am Tisch."

„Gern, Schätzchen. Aber der Preis ist der gleiche."

„Ich hab' nichts anderes erwartet."

„Du bist wirklich ein ganz Süßer."

„Du auch."

„Das war ich einmal. Nun bin ich eine ganz Süße."

Die Beiden setzten sich an den Tisch.

„Du willst also reden... Reden ist immer gut, wenn man Probleme hat - und die scheinst Du ja im Augenblick zu haben. Und mit mir kannst Du reden, das darfst Du mir glauben. Hab' selbst im Leben Höhen und Tiefen erlebt, war mal oben, mal unten. Ich weiß, was es heißt, am Ende zu sein, in einem Ozean von Sorgen kein Land mehr zu sehen und mit Selbstmordgedanken zu spielen. Du bist wirklich an die Richtige geraten, wenn es ums Reden geht."

„Das scheint mir auch so."

„Also, leg los! Was hast Du auf dem Herzen?"

„Tja, es ist so..."

„Und wie gesagt: Mir ist nichts Menschliches fremd. Sprich frei von der Leber weg."

„Ich versuche es ja gerade."

„Oh, ich hab' ganz vergessen zu fragen,

ob Du vielleicht eine Tasse Kaffee möchtest....“

„Nein, danke.“ .

„Aber ich. Geht ganz schnell. Einen Augenblick bitte.“

Elvira stand auf und verschwand in der Küche, um nach kurzer Zeit mit einer Tasse Kaffee in der Hand zurückzukehren.

„Löslicher. Schmeckt aber gut. Wo waren wir noch einmal stehengeblieben?“

„Ich wollte Dir gerade erzählen...“

„Ja, richtig. Dann fang‘ mal an!“

„Wenn Du mich lässt....“

„Na, hör mal. Du hast das Wort!“

„Dein Wort in Gottes Ohr.“

„Nein, Dein Wort. Du wolltest doch reden.“

„Das ist doch nur eine Redensart.“

„Dann halt‘ Dich doch nicht mit Redensarten auf, sondern komm zur Sache,

Schätzchen. Schließlich haben wir nicht
ewig Zeit."

„Wieviel Zeit habe ich denn noch?"

Elvira warf einen Blick auf ihre Ku-
ckucksuhr an der Wand, den ihr ein
Freier aus dem Schwarzwald geschenkt
hatte.

„Eine halbe Stunde."

„Gut. Die Sache ist die....."

Helge kratzte sich nachdenklich am
Hinterkopf.

„Na, was?"

„Meine Frau hat mich verlassen."

Die blonde Sexarbeiterin lachte laut
auf.

„Entschuldige. Aber was meinst Du,
wie oft ich diesen Satz schon gehört habe?"

„Das ist doch noch längst nicht alles,
sondern sozusagen erst der Anfang der
Geschichte..."

„Auch ich könnte Dir Stories erzählen - Du würdest es kaum glauben... Was meinst Du, wie viele verzweifelte Männer zu mir gekommen sind und sich in einer wirklich beschissenen Situation befanden? Viele von ihnen waren Selbstmordkandidaten. Ohne mich hätten sich die meisten von ihnen bestimmt für immer aus diesem Leben verabschiedet. Da war zum Beispiel ein gewisser Peter Müller..."

Die Erzählmaschinerie der Prostituierten kam in Schwung und war nicht mehr zu stoppen. Sie spulte, ohne müde zu werden, unzählige Erlebnisse ab, die sie mit Männern in schwieriger Lebenslage hatte, wobei sie sich in einem nicht enden wollenden Redeschwall verlor. Sämtliche Versuche Helges, sie zu unterbrechen und die Aufmerksamkeit wieder auf sich zu lenken, scheiterten. Allmählich stieg in ihm Groll hoch, Groll, der zur Wut anschwoll. Schließlich konnte er sich nicht mehr beherrschen, schnellte vom Stuhl hoch und presste ihr von hinten die Hand auf Mund und Nase, bis sie schwieg. Als er begriff, was er getan hatte, schüttelte er ungläubig den Kopf.

„Vielleicht bin ich ein wenig zu weit gegangen. Aber verdient hat sie es irgendwie schon."

Helge ging auf die Straße und schlenderte ziellos durch den Rotlichtviertel der Stadt. Dabei kam er auch an Veras Schaufenster vorbei. Das einzige Produkt, für das sie dort warb, war sie selbst, indem sie, auf einem roten, antiken Sofa liegend, ständig wechselnde sexy Positionen einnahm.

„Vielleicht klappt es ja mit ihr", dachte Helge und trat ein.

Die Beiden wurden schnell handelseinig und gingen in ihr Apartment.

„Ich will aber nur reden", ließ sich der Freier hören, als die vielleicht dreißigjährige schwarzgelockte Prostituierte damit begann, ihre weiblichen Reize zu entpacken.

„Was willst Du? Nur reden? Also so einer bist Du! Nein, tut mir leid, solche Typen mag ich ganz und gar nicht. Da musst Du Dir eine andere suchen!"

„Ist es nicht egal, wofür Du das Geld bekommst?"

„Nein, ist es nicht. Wer meinen Körper nicht will, muss irgendwie gestört sein. Mit denen will ich nichts zu tun haben."

„Dann bin ich also gestört, nur weil ich mit Dir ein wenig über meine Sorgen sprechen möchte, wie?"

Helge sah rot. Er umklammerte Veras Hals mit beiden Händen und drückte zu....

Wanda, ein „leichtes Mädchen" aus der Ukraine, das er als nächstes aufsuchte, schien die erste zu sein, die ihm wirklich zuhörte und Anteil an seinen Problemen nahm. Doch plötzlich griff sie zu ihrem Handy, das sie vor sich liegen hatte, und begann, spaßige Videos anzuklicken. Damit war ihr Schicksal besiegelt. Ebenso wie der ukrainischen Wanda erging es Hanne, Marygrace, Danuta, Brit und Lore, mit denen Helge das Gespräch suchte. Sie alle enttäuschten ihn auf die eine oder andere Weise und mussten unfreiwillig die Reise ins Jenseits antreten.

Der Fund von zwei Opfern Helges löste eine spektakuläre Polizeiaktion in dem Rotlichtviertel aus, das völlig abgesperrt und Haus für Haus durchsucht wurde. Zwei Polizeibeamte klopften auch an Lores Apartmenttür und standen kurz darauf dem gesuchten Prostituiertenmörder gegenüber.

„Nehmen Sie mich fest, ich bin der Gesuchte!" forderte er die Ordnungshüter auf.

Ins Rampenlicht der Öffentlichkeit geriet in den folgenden Tagen und Wochen nicht nur der Mörder, sondern auch dessen Ehefrau. TV- und Zeitungsjournalisten schilderte sie, dass ihr Mann mit jedem noch so unbedeutenden Problem zu ihr kam und verlangte, ausführlich darüber zu sprechen.

„Wenn ich einmal nicht hundertprozentig bei der Sache war, geriet er in Wut. Das war auch der Grund, weshalb ich ihn schließlich verlassen habe.

Bei einem Gespräch mit einem Justiz-Psychiater stellte sich heraus, dass Helge schon als Kind darunter litt, dass ihm niemand richtig zuhören wollte. Er selbst sagte beim Verhör, dass er froh sei, den

Rest oder doch den größten Teil seines Lebens im Gefängnis zu verbringen.

„In welch einer Welt leben wir denn, wenn es nicht einmal möglich ist, mit Nutten über seine Probleme zu sprechen...?"

Unsere Frauen

Kevin und Bernd lernten sich kennen, als sie beide auf einem Bahnsteig des Hamburger Hauptbahnhofs auf den Schnellzug nach München warteten. Sie verstanden sich auf Anhieb und beschlossen, gemeinsam zu reisen. Nachdem der Zug eingetroffen war, drängten sie sich ins nächste freie Abteil, wo sie die beiden Fensterplätze einnahmen.

„So, unseren Platz an der Sonne hätten wir uns gesichert", stellte Bernd zufrieden fest.

Die beiden unverheirateten Endzwanziger schauten eine Weile aus dem Fenster und genossen den Anblick der Stadt, die an ihnen vorüberflog, Nahe dem Hafen verlangsamte der Zug sein Tempo, so dass sie gut die Schiffsbewegungen und die Arbeitsaktivitäten an den Kais verfolgen konnten.

„Ich liebe den Hafen", ließ sich Kevin hören. „Mindestens ein- oder zweimal wöchentlich bin ich dort und unternehme einen ausgedehnten Spaziergang. Danach fühle ich mich wie neugeboren."

„Mir geht es ebenso. Der Hafen ist die Seele der Stadt", antwortete sein Gegenüber.

Während der gemeinsamen Reise kamen sich die beiden Männer, die geschäftlich in der bayrischen Hauptstadt zu tun hatten, schnell näher. Sie sprachen über Gott und die Welt und landeten schließlich - wie sollte es wohl anders sein? - beim Thema „Frauen". Dabei stellten sie fest, dass sie für den gleichen Typ „Frau" schwärmten.

„Ich zeig' Dir mal ein paar Fotos von meiner Freundin!" versprach Kevin und schaltete sein Handy ein. „Das ist meine Ramona - im Sommer im Garten aufgenommen."

„Das nenne ich wirklich ein Rasse-
weib."

„Das kann man laut sagen."

„Mit ihr langweilst Du Dich bestimmt
nie."

„Völlig ausgeschlossen. Und wie sie
sich anfühlt, wie anschmiegsam sie
ist...."

„Oh, das kann ich auch von meiner
Freundin sagen."

„Und man kann alles mit ihr machen.
Es ist noch nie vorgekommen, dass sie
sich mir verweigert. Außerdem schweigt
sie wie ein Grab."

„Das schätze ich auch an meiner
Freundin."

„Ich bin richtig verliebt in meine
Ramona. Bist Du auch so glücklich mit
Deinem Schatz?"

Bernd kratzte sich nachdenklich am

Hinterkopf.

„Ja, schon. Das Problem ist, dass sie in letzter Zeit so schnell abschlafft, wenn ich sie richtig rannehme."

„Hast Du sie denn schon mal gründlich untersucht?"

„Versteht sich. Hab´ aber nichts gefunden. Doch irgendwo ist sie nicht ganz dicht. Schade. Ich hol´ sie mal raus."

„Du hast sie mit?"

„Klaro. Sie begleitet mich auf jeder Geschäftsreise."

„Ich hab' meine auch dabei."

Die beiden Jungunternehmer sahen sich amüsiert an und lachten laut auf. Dann holte jeder seine zusammengerollte, aufblasbare Sexpuppe aus dem Koffer und begann, sie aufzublasen. In diesem Augenblick betrat ein Pfarrer in den Sechzigern mit Schmierbauch und goldener Brille auf der Nase, das Abteil und schaute den beiden Männern interessiert zu. Als diese ihn bemerkten, ließen sie augenblicklich von den Sexpuppen ab und starrten den Geistlichen überrascht an.

„Hm - das wäre doch eigentlich auch etwas für mich!" entschlüpfte es dem Pfarrer und deutete mit dem Kopf auf die Liebespuppen.

„Na, ich denke, Sie sollten sich lieber einen Kaplan nehmen! Da dauert das Blasen auch nicht so lange", antwortete ihm Bernd schlagfertig und löste damit bei seinem neuen Freund brüllendes Gelächter aus.

Der Mann Gottes schnitt eine undefinierbare Grimasse und zog es vor, sich ein anderes Abteil zu suchen. Die beiden Männer fuhren fort, ihre Liebespuppen weiter aufzublasen. Als sie prall genug waren, wie sie glaubten, machten sie sich daran, Bernds problematische „Freundin" akribisch zu untersuchen. Schließlich fanden sie heraus, dass sie an einer Nahtstelle Luft verlor.

„Da haben wir doch den Schwachpunkt Deiner Süßen!" befand Kevin. „Das lässt sich aber auf jeden Fall reparieren."

„Oh, das hoffe ich doch. Ich möchte sie auf keinen Fall verlieren."

Kevin und Bernd beschäftigten sich noch eine Weile mit ihren „Lieblingen". Unter anderem führten sie sich gegenseitig - allerdings nur andeutungsweise - ihre favorisierten Sex-Positionen vor. Sie bemerkten nicht, dass hinter einem nur halb zugezogenen Vorhang ein Beobachter mit einem Handy lauerte...

Die Geschäfte in München verliefen für beide Großhandelskaufleute erfolgreich. Ihre Rückkehr in ihre jeweilige Firma hatten sie sich aber gewiss anders vorgestellt, denn dort wurden sie von ihren Kollegen nicht etwa mit Schulterklopfen und Glückwünschen, sondern mit lautem Gejohle und Gelächter empfangen. Eine besondere Überraschung hielten ihre Chefs für sie vor - nämlich ihre Entlassungspapiere.

„Sie haben unserer Firma massiv geschadet", lautete die Begründung. „Schauen Sie doch einmal ins Internet!"

Tatsächlich hatte der junge Mann, der Kevin und Bernd heimlich beim Aufblasen der Sex-Puppen beobachtete, die gesamte Szene mit dem Handy aufgenommen und ins Netz gestellt. Binnen kurzem erreichte das Video eine astronomisch hohe Reichweite und amüsierte die gesamte Republik. Für die beiden Großhandelskaufleute hielt sich der Spaß allerdings in Grenzen, denn sie standen nun ohne Job dar und mussten den Weg zum Arbeitsamt antreten. Dort löste ihr Erscheinen, wie auch anderswo, Schmunzeln und mühsam unterdrücktes Lachen aus.

Die Jobsuche gestaltete sich für Kevin und Bernd außerordentlich schwierig, denn niemand wollte die beiden Sexpuppen-Liebhaber einstellen. Bernd hatte schließlich eine Idee, wie sie aus ihrer beruflichen Misere herauskommen könnten.

„Wir müssen aus der Not eine Tugend machen", verriet er Kevin bei einem ihrer vielen Treffen.

„Woran denkst Du?"

„Hm.... Wir sollten ins Sexpuppen-Geschäft einsteigen...."

„Ins Sexpuppen-Geschäft? Wie stellst Du Dir das vor?"

„Wir entwickeln raffinierte Spezial-Sexpuppen für Menschen mit besonderen Neigungen oder Vorlieben. Ich kann mir vorstellen, dass wir damit offene Türen einrennen."

„Das klingt gar nicht so übel. Und wer soll die Puppen herstellen?"

„Es gibt da so ein kleines Unternehmen in meiner Nähe, das dazu in der Lage wäre. Mit dem Eigentümer kann ich sehr gut."

„Vielleicht ist Deine Idee wirklich das Ei des Kolumbus."

„Dann sollten wir beginnen, es auszubrüten" antwortete Bernd lachend. „Lass uns auf unser erstes gemeinsames Geschäftsprojekt anstoßen!"

Tatsächlich entwickelte sich das Sexpuppen-Geschäft für die beiden Neueinsteiger glänzend. Schon bald musste die kleine Firma, der die Produktion oblag, ihr Personal aufstocken, um der rasant steigenden Nachfrage gerecht zu werden.

Als besonderer Renner erwies sich dabei die Kaplanpuppe, die in geistlichen Kreisen reißenden Absatz fand. Der Verkauf des zehntausendsten Exemplars nahmen die beiden Jungunternehmer zum Anlass, mit ihrem Kooperationspartner und allen anderen, die Spaß an Sexpuppen hatten, groß zu feiern. In eine Krise gerieten sie, als sie sich ineinander verliebten.

„Wir können nicht Sex miteinander haben, das wäre ja Verrat an unseren Sexpuppen und an unseren Prinzipien," stellte Kevin fest.

Sein Freund und Geschäftspartner stimmte ihm zu.

„Dann lass uns doch einfach zwei Sexpuppen anfertigen, die uns absolut gleichen. Das wäre doch die beste Lösung", schlug er vor.

Genauso wurde es gemacht - und fortan gewann ihre Beziehung eine neue Qualität: Glücklicher als die Beiden konnte man kaum sein. Bernds Idee, Sexpuppen herzustellen, die ihm und seinem Partner zwillingshaft ähnlich sahen, floss auch in das Geschäft ein und erweiterte das Angebotsspektrum um eine attraktive Komponente. Bereits nach wenigen Tagen lagen mehrere hundert Bestellungen vor - und es riss nicht ab.

„Wir haben mit unseren Puppen wirklich eine Revolution im Liebesleben der Menschen ausgelöst. Es ist entspannter, problemloser und lustvoller geworden", stellte Bernd während einer gemütlichen Abendstunde mit seinem Freund bei Kerzenschein und einem Gläschen Burgunder fest.

„Ja, das stimmt. Aber es gibt ja immer noch Leute, die realen Sex bevorzugen. Verstehst Du das?"

Bernd schüttelte missbilligend den Kopf.

„Diese Typen, diese ewig Gestrigen, gehören einer schwindenden Minderheit an. Um sie brauchen wir uns wirklich keine Sorgen zu machen."

Die beiden Männer ließen den Abend - wie üblich - mit Sexspielen zu viert ausklingen...

Immer diese Störungen

Der sechsundzwanzigjährige Bastian, ein gutaussehender Typ mit jungenhaftem Charme, starrte wie hypnotisiert auf den Bildschirm seines Laptops und verfolgte die schmerzhaft-lustvollen Aktivitäten, die Männer und Frauen zwischen Bett und Folterkeller entwickelten. Hin und wieder unterzog er den „bösen Buben" in seiner Hose einer Art Härtetest, der stets zu seiner Zufriedenheit ausfiel, wie es schien. Ausgesprochen ungehalten reagierte er, als es an der Haustür klingelte.

„Ausgerechnet jetzt!" fluchte er und stellte den Ton seines Geräts lauter. „Der, die oder das kann klingeln, bis er schwarz wird: Aufmachen werde ich auf keinen Fall."

Als der Störenfried nicht gehen wollte und sogar zum Sturmklingeln überging, öffnete er aber doch und sah sich seiner jungen Nachbarin gegenüber. Sie war in ein verführerisches Negligé gehüllt und trug in der Hand eine Flasche guten Sekts.

„Hallo, mein Lieber! So ganz allein?" sprach sie in laszivem Tonfall zu ihm und streichelte seinen Arm. „Wollen Sie mir nicht behilflich sein, die Flasche zu öffnen? Und vielleicht haben Sie ja auch eine Idee, wie es weitergehen könnte mit uns beiden...."

„Wie es mit mir weitergeht, weiß ich gewiss - wie mit Ihnen, kann ich mir vorstellen", antwortete Bastian unfreundlich und verhinderte ihren Versuch, sich an ihm vorbei in die Stube zu drängen. „Warten Sie hier, ich bin gleich wieder da!"

Der junge Mann nahm ihr die Weinflasche aus der Hand und schloss die Tür, um nach einem Augenblick zurückzukehren.

„So, bitte. Ich hoffe, ich konnte Ihnen behilflich sein…"

Bastian übergab der verblüfften Blondinen die geöffnete Weinflasche und verschwand dann, die Tür hinter sich zuwerfend, in der Wohnstube.

„Diese Art Frauen haben auch nichts anderes als Sex im Kopf", murmelte er. „Da müsste mal jemand kommen, der sie so lange scharf rannimmt, bis sie für die nächsten Wochen und Monate genug haben…"

Die blonde Angelika brauchte mehrere Tage, um die Zurückweisung durch ihren Nachbarn zu verarbeiten. Dann ergriff sie die Initiative und gründete eine „Selbsthilfegruppe für zurückgewiesene Frauen", die schnell großen Zulauf fand. Dort hatten die Schönen und weniger Schönen Gelegenheit, sich über die

Männer auszulassen, die sie ihrem Empfinden nach zutiefst gedemütigt und verletzt hatten. Ihre eindringlichen Schilderungen wurden zumeist begleitet von Wein- und Schrei- und Weinkrämpfen, manche verzweifelte Frau kündigte auch ihren bevorstehenden Selbstmord an. Dazu kam es glücklicherweise in keinem einzigen Fall.

Der harte Kern der Selbsthilfegruppe unter Führung von Angelika radikalisierte sich im Laufe der Zeit und griff schließlich zur Selbstjustiz, das heißt: Er führte Strafaktionen gegen die „Neandertaler" durch, die seiner Meinung nach die Qualitäten einer Frau nicht zu schätzen wussten. Das bedeutete konkret, dass der Betreffende gekidnappt und über mehrere Stunden angeschrien, geschlagen und sadistisch im Genitalbereich gequält wurde. Als dabei einer der „Neandertaler" starb, zog es ein Teil der beteiligten Frauen vor, den Rachefeldzug zu beenden, während sich die Übrigen auf die Versendung von vergifteten Einschreibebriefen verlegten.

Die radikale Gruppe flog auf, als sie ihre „Erfolge" ausgelassen in einem leerstehenden Holzschuppen feierte. Die Art der Zurückweisungen, die sie durch die Männer erlebten und zu Racheengeln mutieren ließen, war recht unterschiedlich: Dies wurde nach und nach offenbar. Dazu zählten unter anderem eine zu weite Vagina, ein zu kleiner Busen, eine männliche Figur, eine Warze auf der Oberlippe, schütteres Haar, abgebrochene, ungepflegte Fingernägel, übermäßiges Schwitzen oder eine feuchte, undeutliche Aussprache.

„Mir hat doch so ein Arsch direkt ins Gesicht gesagt, dass ich nicht sein Typ bin. Ich nicht sein Typ...!" berichtete einer der verhafteten Racheengel gegenüber der Verhörleiterin und brach in hysterisches Gelächter aus. „Das kann doch auf keinen Fall ungestraft bleiben!"

Angelika, mit der alles angefangen hatte, erzählte offen von ihren negativen Erfahrungen mit ihrem Nachbarn.

„Er hat doch tatsächlich einen Sexfilm realen Sex mit mir vorgezogen. Es war so demütigend für mich...."

Dass sie sich nicht an Helge gerächt hatte, begründete sie mit Vorsichtsmaßnahmen.

„Ich wollte nicht die Polizei ins Haus holen."

Helge selbst, der in der Zeitung von den männermordenden Aktivitäten seiner Nachbarin las, sah sich überhaupt nicht im Spiel.

„Dieser Hass, diese Gewalt gegenüber

uns Männern steckt doch schon in den Frauen drin. Das ist Penisneid und nichts anderes!"

Die Beichte

Die beiden Grundstücksnachbarn Pastor Theo Bornholdt und der Bauunternehmer Tobias Möller saßen nebeneinander auf der harten Kirchenbank. Nachdem sie sich ein wenig über den Stand der Sanierungsarbeiten an der barocken Klosterkirche unterhalten hatten, die zum Jahresschluss beendet sein sollte, kam Möller auf den eigentlichen Anlass seines Kommens zu sprechen.

„Ich habe etwas auf dem Herzen, das ich gern loswerden möchte, Herr Pastor."

„Sie haben etwas auf dem Herzen? Nur zu, sprechen Sie! Ich habe immer ein offenes Ohr für Sie."

Der Geschäftsmann warf Bornholdt einen verächtlichen Blick zu und setzte sich ein wenig bequemer hin.

„Ja, ich habe Ihnen etwas wirklich

Schlimmen angetan. Ich weiß nicht, ob Sie mir das jemals verzeihen können."

„Das kann ich bestimmt als Mann Gottes."

„Naja, Ihr Job ist es ja vielleicht schon..."

Möller ließ seinen Blick über den Altarraum schweifen und wandte sich dann dem Seelsorger zu, der ihn gespannt ansah.

„Ich war es, Herr Pastor, der den Hecht in Ihren Gartenteich mit den reizenden Goldfischen gesetzt hat. Es war schon ein beeindruckendes Schauspiel, so muss ich gestehen, wie er unter den anmutigen Tierchen aufgeräumt hat: Ratzfatz war er mit ihnen fertig."

Der Kirchenmann forschte erstaunt im Gesicht seines Gegenübers und antwortete dann in mildem, versöhnlichem Ton:

„Das war zwar nicht gerade ein freundlicher Akt, Herr Möller, doch die Tierchen haben sicherlich nicht viel gemerkt: Es ging ja alles so schnell."

„Aber das ist noch nicht alles - leider. Ich war es auch, der dem Maderpaar die Stalltür zu Ihren großen und edlen Deutschen Sperbern öffnete. Ehe man sich versah, waren sie drin und gingen dem Federvieh an die Gurgel: Es ging ratzfatz. Hat man je so einen aufgeschreckten, kopflosen Hühnerhaufen gesehen? "

„Das war nicht schön von Ihnen, Herr Möller, das muss ich schon sagen. Aber meine Deutschen Sperber haben sicherlich nicht viel gemerkt: Es ging ja alles so schnell."

Der Übeltäter sah den Pastor misstrauisch von der Seite an und rückte dann mit seiner letzten Schandtat heraus.

„Und ich habe mit Ihrer Frau gefickt auf Teufel komm raus. Wie ein Tornado bin ich über sie gekommen und habe es ihr besorgt."

„Hm - aber sie wird nicht viel gemerkt haben: Es ging ja alles so schnell..."

Das triumphierende Grinsen im Gesicht des Bauunterrrnehmers verlor sich und wich einem Ausdruck der Enttäuschung.

„Sie sind wohl durch nichts aus dem Gleichgewicht zu bringen, wie?"

„Nein denn ich lebe im Glauben. Aber sagen Sie mir doch, Herr Möller, weshalb Sie das alles getan haben!"

„Können Sie sich das nicht denken? Sie haben sich im Kirchenrat dafür engagiert, dass mein Konkurrent den Auftrag für die Durchführung der Sanierungsarbeiten hier bekommt."

„Ah - daher weht der Wind."

„Können Sie mir verzeihen, Herr Pastor? Wenn nicht, so muss ich eben damit leben."

„Ich kann, mein lieber Möller. Wir Seelsorger können immer."

Der Geschäftsmann schaute Bornholdt, über dessen Gesicht ein flüchtiges Lächeln huschte, skeptisch an. Dann erhob er sich und streckte ihm die Hand hin.

„Auf eine gute Nachbarschaft! Werde versuchen, mich zu mich bessern."

„Das sollten wir alle ein Leben lang. Was das Verhältnis zu Ihrer Familie betrifft, so könnte es ja nicht besser sein."

„Ja, die Drei halten sich mehr in der Kirche als zu Hause auf."

„Ihre Frau treibt es übrigens am liebsten auf dem Altar. Tochter und Sohn ist es gleichgültig, wo – Hauptsache Sex."

Möller zuckte zusammen wie vom Schlag getroffen und stierte den Geistlichen ungläubig an. Das Knirschen seiner Zähne war weithin im Kirchenraum zu vernehmen.

„Was sagen Sie da? Wollen Sie etwa behaupten...?"

„Ja, das will ich."

Der Geschäftsmann sprang auf, packte Bornholdt am Kragen und schüttelte ihn heftig.

„Sie sind ja ein durch und durch perverses Schwein - treibt es mit meiner ganzen Familie.... Und so jemand nennt sich Pastor und behauptet, im Glauben zu leben...."

„Mit dem Glauben ist es so eine Sache, Herr Möller.... Können wir nicht nach meiner Pensionierung darüber diskutieren...?"

„Bis dahin werden Sie es gar nicht schaffen."

Möller holte zum Schlag aus, wurde aber durch einen wirkungsvollen Jiu-Jitsu-Griff Bornholdts gestoppt.

„Ich war schon immer ein Anhänger fernöstlicher Kampfsportarten. Manchmal sind sie ganz nützlich. Und nun lassen Sie uns setzen und noch einmal von vorn beginnen und die Wahrheit herstellen und nichts als die Wahrheit."

„Die Wahrheit...?"

„Ja, denn die haben wir beide doch arg mit Füssen getreten."

„Hm...."

Die beiden Männer setzten sich. Für einen Augenblick herrschte Schweigen zwischen ihnen, das der Seelsorger schließlich beendete.

„Um mit dem Hecht in meinem Goldfischteich anzufangen: Hin und wieder springt einer vom angrenzenden Teich auf mein Grundstück - und einer ist eben in meinem Teich gelandet. Pech! Sie, Herr Möller, haben damit nichts zu tun. Ebenso wenig mit den beiden Mardern, die unter meinen Deutschen Sperbern wüteten, denn ich selbst habe schusseliger Weise die Stalltür offengelassen. Und dass Sie wie ein Tornado über meine Frau gekommen sein wollen, ist allein schon deshalb sehr zweifelhaft, weil Sie seit geraumer Zeit unter Erektionsstörungen leiden. Das hat mir Ihre bessere Hälfe erzählt, als wir einmal aus christlicher Sicht über Liebe und Sexualität sprachen."

„Das hat sie Ihnen erzählt? Tja, aber es ist leider wahr. Ich bin ein erfolgreicher Geschäftsmann und ein Versager im Bett. Auch alles andere, was Sie vorgebracht haben, Herr Pastor, ist wahr. Ich wollte Sie treffen, Sie verletzen.... Und wie steht es mit Ihrer Wahrheit?"

„Meine Wahrheit ist einfach: Wir treffen uns natürlich nicht zu einem Techtelmechtel oder was auch immer in diesem Gotteshaus, sondern leisten Hilfestellung im Rahmen der Sanierungsarbeiten."

„Das klingt doch gut."

„Wenn es hin und wieder doch einmal zu Zärtlichkeiten oder mehr kommt...naja - dann wehren wir uns auch nicht mit Händen und Füßen dagegen."

„Oh, Sie...!"

Der Geschäftsmann sprang wie von der Tarantel gestochen auf und wollte sich auf den Geistlichen stürzen, der jedoch zur Seite ausweichen und entfliehen konnte. Von der offenen Kirchentür aus rief er Möller, der hinter ihm her war, zu:

„Das war nur ein Spaß. Darf man nicht einmal mehr einen Spaß machen...?"

Im Laufe der Zeit entwickelte sich zwischen dem Geistlichen und dem Geschäftsmann ein ausgezeichnetes nachbarschaftliches Verhältnis. Als Bornholdt dafür sorgte, dass Möllers Unternehmen an den Sanierungsarbeiten am Gotteshaus beteiligt wurde, akzeptierte er es sogar, dass Frau, Tochter und Sohn sich einen Geliebten - wen wohl? - teilten. Er selbst ging ein Verhältnis mit Leonora, der Ehefrau des Pastors, ein. Seitdem waren seine Erektionsstörungen wie weggeblasen.

Das Beispiel dieser beiden Familien zeigt auf, wie wichtig gute Nachbarschaft ist und wie erfüllend sie sein kann. Sie funktioniert auch, wenn Gott oder die Kirche nicht im Spiel ist.

Scheidungsgrund

Die Schlafzimmertür öffnete sich und Knut trat ein, der sich misstrauisch nach allen Seiten umschaute und prüfend die Luft einschnüffelte. Ehefrau Sylvia öffnete die Augen und richtete sich ein wenig im Bett auf.

„Oh, Du bist schon zurück? Ich hatte Dich erst morgen Mittag erwartet."

„Ja, die Verhandlungen gingen schneller über die Bühne als gedacht. Der Vertrag ist nun unter Dach und Fach, sprich: Wir beliefern ein ganzes Stadtquartier mit unseren Fenstern. Du kannst mir gratulieren."

Sylvia stand auf und küsste ihren Mann.

„Alles, was Du in die Hand nimmst, gelingt. Du scheinst den Erfolg gepachtet zu haben."

„Naja, dahintersteckt aber auch viel

Arbeit und Engagement, Kreativität und Hartnäckigkeit. Und man benötigt ein Gespür für Menschen."

„Das besitzt Du bestimmt - schließlich hast Du ja auch mich geheiratet und nicht Hanne...."

„Oh, ich weiß schon, was ich an Dir habe. Aber sag mal: Bist Du wieder rückfällig geworden? Ich bin mir nicht sicher...."

„Nein, bin ich nicht. Wie kommst Du darauf?"

„Hm - ich weiß nicht. Du hast mir schon so oft versprochen...."

„Nein, bestimmt nicht. Du kannst mir glauben."

„Dann hast Du sicherlich nichts dagegen, wenn ich kurz einen Blick...."

Knut begann, das gesamte Schlafzimmer akribisch zu durchsuchen. Als er den Kleiderschrank öffnete, erblickte er den nackten Liebhaber seiner Frau, der ihn erschrocken anblickte und rasch mit den Händen sein Geschlechtsteil bedeckte.

„High! Ich wollte Sie nicht erschrecken, entschuldigen Sie die Störung." rief er ihm zu und schloss die Schranktür wieder. Eine Weile setzte Knut noch seine Durchsuchung fort, bis er schließlich einhielt und sich an seine Frau wandte.

„Nichts! Du scheinst Dich ja tatsächlich an Dein Versprechen gehalten zu haben."

„Natürlich. Was glaubst Du denn? Ich verstehe nicht, weshalb Du mir so wenig Vertrauen entgegenbringst."

„Ich muss mich bei Dir entschuldigen, Sylvia. Aber ich hatte wirklich geglaubt, Du hättest wieder geraucht: Die Zigarette danach schmeckt ja immer am besten. Und das wäre wirklich ein Scheidungsgrund..."

Einfach ungenießbar

Bettina, eine rassige, schwarzhaarige Schönheit Ende zwanzig, hatte sich viel Zeit genommen, um das Mittagessen an diesem Tag zuzubereiten. Nun erwartete sie ihren Ehemann Ralf, der nicht lange auf sich warten ließ. Kaum hatte die Kirchturmuhr des kleinen Städtchens die zwölfte Stunde verkündet, stand er auf der Matte und schaute sich misstrauisch in der Küche um, bevor er Bettina flüchtig umarmte und küsste.

„Hallo Liebling, was gibt es denn heute?"

„Lass Dich überraschen!"

Ralf nahm am Küchentisch Platz und sah seiner Frau zu, wie sie den Topf vom Ceranherd nahm und auf den Küchentisch stellte. Als sie den Deckel abhob, entfuhr ihm ein freudiges „Oh, das ist ja...."

„Hühnersuppe. Die magst Du ja so gern."

„Ja, das stimmt." Bettina füllte ihrem Mann und sich auf und wünschte ihm dann überfreundlich guten Appetit.

„Lass es Dir schmecken!"

„Ja, danke. Da bin ich mal gespannt."

Ralf probierte vorsichtig die heiße Suppe und spuckte sie mit einem Ausdruck des Ekels im Gesicht sofort wieder aus.

„Was ist denn das? Abwaschwasser oder Jauche? So eine widerwärtige Suppe hab´ ich ja noch nie gegessen..."

„Oh, mein Schatz, schmeckt es Dir nicht? Das tut mir leid. Und ich hab' mir wirklich so viel Mühe gegeben...."

„Mühe allein genügt eben nicht. Das Kannst Du schon in der Fernsehwerbung sehen!"

„Ich bin untröstlich, mein Schatz."

Bettina räumte den Tisch ab und servierte das Hauptgericht: Schweinerippchen mit Kartoffeln und grünen Bohnen.

„Ich weiß doch, dass Du darauf stehst."

Ralf warf seiner „besseren Hälfte" einen misstrauischen Blick zu und machte sich über das Gericht her, hielt aber bereits nach ein paar Bissen inne und schüttelte sich angewidert.

„Teufel noch mal, das ist ja wirklich ein Schweinefraß."

„Sag bloß, das magst Du auch nicht?"

„Nicht mögen? Willst Du mich verarschen? Das ist das schlimmste Gericht, das mir je auf den Tisch gekommen ist."

„Ist das wahr? Du siehst mich zerknirscht, mein Schatz. Aber warte, ich bringe Dir das Dessert. Das wird Dich für alles entschädigen."

Kurz darauf setzte Bettina ihrem Mann eine Schale mit Blaubeer-Quark vor, von dem er normalerweise nicht genug haben konnte.

„Das ist der letzte Versuch!" ließ er sich hören und naschte ein wenig von der Nachspeise - und begann sofort zu würgen. Er sprang auf und lief ins Badezimmer, um nach einer Weile reisefertig angezogen und mit zwei Koffern in der Hand wieder in der Küche zu erscheinen.

„Weißt Du was? Ich trenne mich von Dir: aus, Schluss, vorbei! Was Du mir in der letzten Zeit und insbesondere heute für einen an Fraß geboten hast, geht wirklich auf keine Kuhhaut. Dir ist ja wohl jegliche Kochkunst, wenn man dieses hochgestochene Wort in Bezug auf Dich überhaupt verwenden darf, abhandengekommen. Tschüs!"

Der frustrierte Ehemann packte die Koffer und verließ fluchtartig die Wohnung. Nicht lange danach erscheint Bettinas Liebhaber Sebastian und reißt jubelnd die Arme hoch.

„Ich hab' ihn gesehen…. Er ist weg, er ist tatsächlich weg!"

„Ja, jetzt kann sich dieser Pascher sich jemand anderen suchen, der ihn bedient."

„Dann hattest Du ja wirklich die richtige Idee."

„Tja, in schweren Fällen hilft eben nur noch Trenn-Kost…"

„Und dann klappt es auch mit dem Nachbarn…"

Bettina und Sebastian lachen laut auf und eilen dann ins Schlafzimmer, wo es zwischen den Beiden, wenig verwunderlich, diesmal besonders hoch herging

Ende